生涯収入・五億円！

あるサラリーマン、五十七年間の軌跡

石津一成

鳥影社

明石海峡大橋（神戸・舞子、2004）

生涯収入・五億円！

――あるサラリーマン、五十七年間の軌跡

目　次

生涯収入・五億円！

――あるサラリーマン、五十七年間の軌跡

石津　一成

はじめに

給与生活者の生涯給料あるいは生涯賃金という公的な定義はない。一般的には各企業が出す有価証券報告書等から知れる従業員の平均月額賃金に、入社から退職までの勤務年数を掛けて得られる数値をもって、各企業の生涯賃金の大摑みな推計値として発表されているようである。しかし、男女別、学歴別、職種別等、細かい内容は厚生労働省の賃金構造基本統計調査報告書から推計せざるを得ない。

現実には、定年退職時期を六十歳としたり六十五歳としたり、賞与を省いたり超過勤務を除いたりしてまちまちのように思う。また、今や日本人平均寿命は年々延び、健康寿命と称される自立して生活できる寿命も長くなっている。当然のように年金の支給開始年齢も先延ばしになる傾向が明確に出ている。大部分の人は、定年退職で社会の表舞台から降り隠居して家族の生活を維持するのは難しく、第二・第三の就職をして新たな収入を得る事を余儀なくされているのではないか。

本書の主人公・岩成一樹は技術系のサラリーマンである。昭和三十七年（一九六二）に京都の私立大学の土木科を出て大阪の橋梁《きょうりょう》メーカーに就職し、七年余りで神戸の鉄鋼会社に転職して、五十五歳の定年を出向先の子会社で迎えた。その後は建設コンサルタント業界に転向して、満八十歳の今日まで五七年間勤めを続けている。コンサル業界では、それぞれの就職先での理由があり、断続的に入・退社を繰り返し、現在十一社目に在籍している。定年までの会社で、特に出世した訳でもなく、目立った業績を残した者でもない、ごく普通の会社員であった。

ただ、この五十七年間の給与明細書等の記録を全て保管していたので、その収入を総計した結果、現在価格で四億七〇〇〇万円余になった。収入として計上したのは、給与・賞与、年金、雇用保険金の三種類である。給与には基本給の他、業務給、時間外手当等の諸手当、交通費補助、調整給を含み、年金には厚生年金と各基金年金がある。雇用保険金は基本手当と再就職手当、高年齢給付金である。これ以外の業務出張の日当、企業年金、相続遺産、満期保険金、持株の配当金等の臨時収入は含んでいない。

日本年金機構が、各人の年金額を計算する際、報酬比例部分である厚生年金については、標準報酬月額にある比率を乗じ、さらに被保険者であった月数（保険料納付月数）を乗じて計算される。この標準報酬月額は各人の過去の標準報酬を現役世代の手取り賃金の上昇率に応じて見直した上で平均している再評価率を乗じて現在価値に置き換えている。

岩成一樹の過去五十七年間の各年月の給与等収入金額は、日本年金機構が出している平成三十年（二〇一八）度用の【厚生年金保険の再評価率表】（巻末に参考資料として掲げる）に示された指数に基づいて、月毎に再評価して現在の金額に置き直したのである。

従って、今までの収入金額合計値は推定値ではなく、真の数値と言える。現在満八十歳の岩成一樹の平均余命が、統計による公算の八年間と仮定すると、今後の給与を除外して年金だけで約二四〇〇万円と予想され、生涯の収入金額は、本書の表題に示したように、ざっと五億円になる。

本書では、岩成一樹のこれまでの給与生活者としての人生を成功談として記すのではなく、むしろ失敗談の連続として吐露する事になりそうである。人生は、各人の目の前に必ず現れる岐路での選択の結果だと言われるが、まさに各時代に、それぞれの岐路での選択をして今日に至った経緯を述べることにしよう。

まずは、現在までの年別・実収入金額を示し、それに前記の再評価率を掛けて今日の再評価金額に置き直した上、累計値を以下に表示した。「満年齢」欄の数字はその年の初めでの主人公の年齢である。（表—①及び②）表—①は満五十五歳の定年までの三十二年間の表であり、引き続いて定年後満八十歳までの二十五年間は表—②であるとも言える。現在では定年後は本当に長いのである。

表—①と②から、各年齢時の収入累計表をグラフ—①に表した。年齢八十歳以上八十九歳までの数値は推算値で、八十九歳で生涯収入五億円に達する見込みとなる。

それ以降の章・節では主人公の各時代の軌跡を述べて、その時々の収入明細表を掲げている。また、第十章では各種技術資格等の内容と取得経緯を記して、読者の参考にしようと考えている。

年別収入集計・累計表（表―①）

単位：円

西暦	和暦	満年令	給与等収入	再評価額	累計
1962	昭和37年	23	278,498	2,738,471	**2,738,471**
1963	昭和38年	24	513,554	4,695,814	**7,434,285**
1964	昭和39年	25	574,309	4,826,568	**12,260,853**
1965	昭和40年	26	617,034	4,626,109	**16,886,962**
1966	昭和41年	27	725,486	4,907,726	**21,794,688**
1967	昭和42年	28	825,357	5,378,753	**27,173,441**
1968	昭和43年	29	977,066	5,727,400	**32,900,841**
1969	昭和44年	30	1,503,600	9,006,264	**41,907,105**
1970	昭和45年	31	1,634,698	7,173,055	**49,080,160**
1971	昭和46年	32	1,839,312	7,762,714	**56,842,874**
1972	昭和47年	33	2,130,339	8,108,070	**64,950,944**
1973	昭和48年	34	2,890,281	10,076,276	**75,027,220**
1974	昭和49年	35	3,708,353	10,357,430	**85,384,650**
1975	昭和50年	36	4,581,256	11,124,088	**96,508,738**
1976	昭和51年	37	5,358,850	11,756,522	**108,265,260**
1977	昭和52年	38	5,688,809	11,184,198	**119,449,458**
1978	昭和53年	39	5,655,130	10,378,166	**129,827,624**
1979	昭和54年	40	6,218,484	10,744,907	**140,572,531**
1980	昭和55年	41	6,672,468	11,045,701	**151,618,232**
1981	昭和56年	42	9,315,145	14,363,954	**165,982,186**
1982	昭和57年	43	12,265,694	18,171,503	**184,153,689**
1983	昭和58年	44	10,289,997	14,701,903	**198,855,592**
1984	昭和59年	45	7,986,918	10,958,421	**209,814,013**
1985	昭和60年	46	8,284,465	11,093,012	**220,907,025**
1986	昭和61年	47	7,923,759	10,221,649	**231,128,674**
1987	昭和62年	48	9,418,566	11,880,618	**243,009,292**
1988	昭和63年	49	8,213,350	10,118,979	**253,128,271**
1989	昭和64年	50	9,036,603	10,908,823	**264,037,094**
1990	平成2年	51	9,772,507	11,257,928	**275,295,022**
1991	平成3年	52	10,061,391	11,132,718	**286,427,740**
1992	平成4年	53	10,038,216	10,774,407	**297,202,147**
1993	平成5年	54	24,954,899	26,136,855	**323,339,002**
計			189,954,394	323,339,002	

年別収入集計・累計表（表─②）

単位：円

西　暦	和　暦	満年令	給与等収入	再評価額	累　計
1994	平成6年	55	8,499,996	8,763,496	**332,102,498**
1995	平成7年	56	8,782,793	8,871,332	**340,973,830**
1996	平成8年	57	7,092,187	7,060,973	**348,034,803**
1997	平成9年	58	9,480,260	9,276,863	**357,311,666**
1998	平成10年	59	11,205,280	10,871,162	**368,182,828**
1999	平成11年	60	11,593,845	11,213,338	**379,396,166**
2000	平成12年	61	9,093,106	8,764,675	**388,160,841**
2001	平成13年	62	6,530,800	6,310,253	**394,471,094**
2002	平成14年	63	6,530,800	6,338,938	**400,810,032**
2003	平成15年	64	4,890,003	4,763,253	**405,573,285**
2004	平成16年	65	5,296,852	5,160,247	**410,733,532**
2005	平成17年	66	5,057,664	4,944,124	**415,677,656**
2006	平成18年	67	3,833,639	3,749,299	**419,426,955**
2007	平成19年	68	4,108,140	4,006,955	**423,433,910**
2008	平成20年	69	5,762,731	5,591,369	**429,025,279**
2009	平成21年	70	5,306,906	5,150,572	**434,175,851**
2010	平成22年	71	3,663,193	3,572,717	**437,748,568**
2011	平成23年	72	4,074,106	3,986,014	**441,734,582**
2012	平成24年	73	4,411,268	4,320,253	**446,054,835**
2013	平成25年	74	4,480,137	4,396,745	**450,451,580**
2014	平成26年	75	4,443,420	4,263,963	**454,715,543**
2015	平成27年	76	4,445,632	4,223,343	**458,938,886**
2016	平成28年	77	4,416,262	4,194,599	**463,133,485**
2017	平成29年	78	4,427,315	4,188,087	**467,321,572**
2018	平成30年	79	4,399,705	4,157,721	**471,479,293**
2019	平成31年	80	847,836	801,205	**472,280,498**
計			152,673,876	148,941,496	

合　計		
合　計	**342,628,270**	**472,280,498**

（年齢：その年の初めでの満年齢）

（平成３１年は３月末まで集計）

グラフ―① 各年齢時の収入累計表

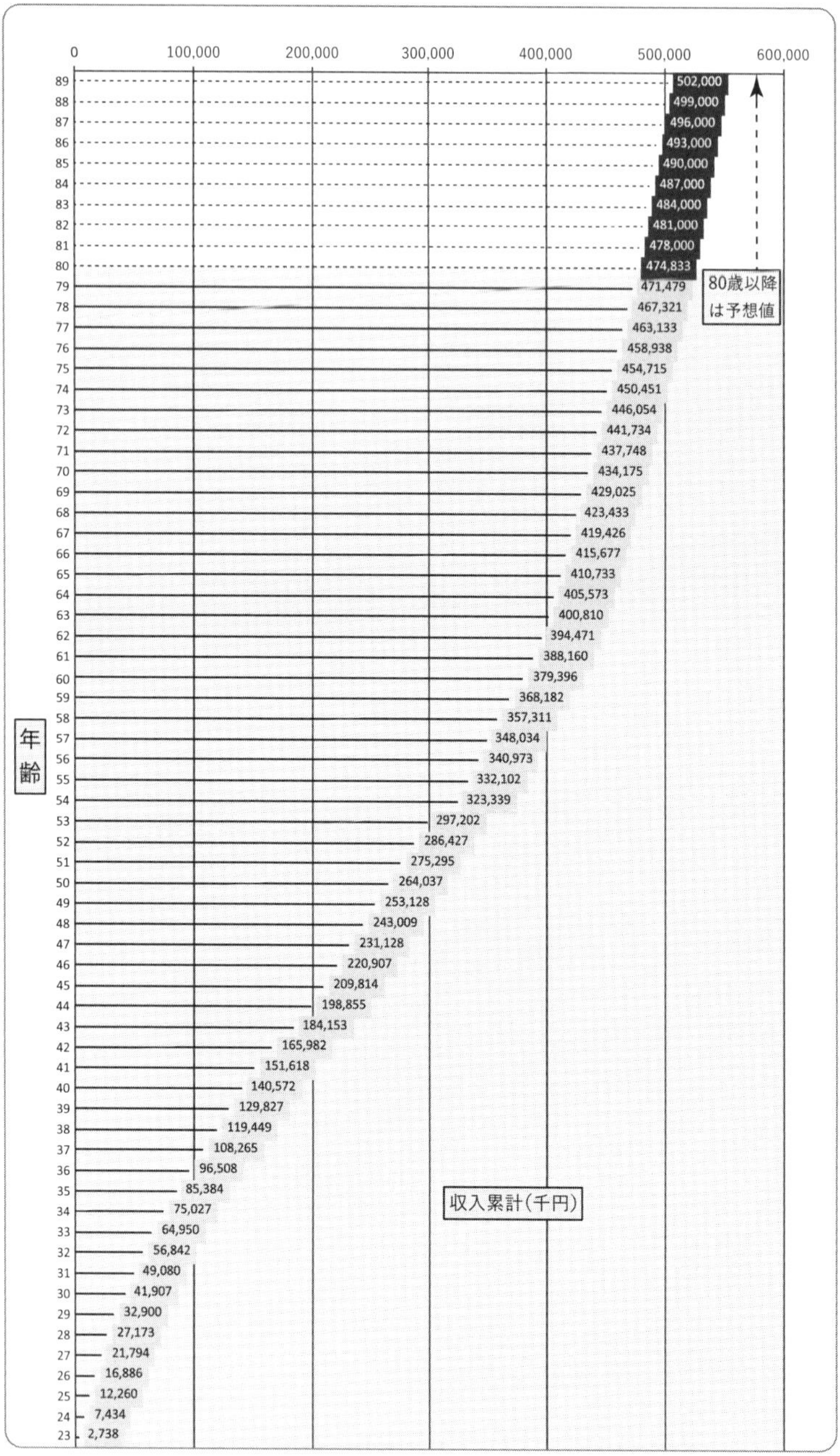

第一章　㈱大和橋梁時代

第一節　入社経過と初任給

1　主人公の生立ちと大学進学

主人公の岩成一樹は昭和十三年（一九三八）八月に京都の下町で長男として生まれ育った。父は市内の証券会社に勤めるサラリーマンであった。自宅は京都市上京区、北野天神から南に下がった所に位置する古くて狭い八軒長屋の東端で借家であった。生まれた時は父の両親と同居していた。

彼は、そこで幼稚園から大学まで通い一人前になった。その間、妹二人が生まれ、祖父は昭和二十年（一九四五）終戦の直前に、下の妹は昭和二十七年（一九五二）に僅か八歳で、祖母は昭和三十年（一九五五）に亡くなった。詳しく言えば昭和二十五年（一九五〇）九月に父が東京本社に転勤になり、その年の十二月に母と三人の子供は祖母を京都・北野に残して東京に引っ越した。そのため一樹は小学六年生の三学期から中学一年生で二学期の翌年十月まで約十ヵ月間は東京で過した。

大学は、一樹のそれまでの目立った学業成績から周囲も本人も、当然、地元の京都大学に進学するものと考えていた。しかし、工学部・建築工学科に二度挑戦するも不合格であった。後から考えると、彼はそれなりに受験勉強をしていたようであるが、彼にはその時、何故か遮二無二に合格するぞという気概が乏しく難関の専門学科への不合格は当然の結果とも思えた。不合格の理由を他のせいにするのは潔くないが、一樹が北野中学を卒業して高校に進学する時、市の学区割りが変更になった事も要因の一つと言えるかもしれない。市内有数の大学進学校である近くの山城《やましろ》高校に進学する予定であったが、自転車通学が必要な程遠くの西京高校に進学することになった。同校は元々商業学校であったが、その普通科に編入された。そのためか大学進学に対する学校としての支援体制が全くなく、進学希望者はそれぞれ勝手に受験態勢を整える必要があった。結果を見ても大学に進学した者は数えるほどしか居なかった。

地元の他の大学には建築学科が無かったので友人達と同様に上京して早稲田大学の建築学科を併願する事も考えたが、下宿してまで通学する事は家の事情が許さなかった。結局、志望する学科を建築から土木に変えて、地元の立命館大学に昭和三十三年（一九五八）に進学した。

同大学の理工学部は市街地の北部、衣笠山の麓にあり、北野の自宅から歩いてでも通えた。当時まだ発展途上にあった同大学の学舎や実験棟は、粗末な木造建築であった。四年間、学費以外は自分で稼ごうと考え、種々のアルバイトに精を出してあっという間に過ぎた感じであった。

2　㈱大和橋梁への入社の経緯

大学四回生の六月、就職先決定のための面接が学内であった。名簿順に主任教授と助手のいる部屋に入って面接を受けた。教授はまず成績表に目を落として、この成績ならどんな所でも紹介できると言って、日本道路公団はどうかと訊いてきた。その時より二ヵ月ほど前の四月に、同様の就職模擬面接が行われた際、同じ主任教授と助手のいる部屋に入ると、いきなり「この成績では余り好い就職先は紹介出来ないなー」と教授は言って彼の顔を見た。彼は、自分の成績はそんなに悪い筈は無いと返答した。教授は傍らにいる助手の顔を見て、「どうなんだ」と問いかけたが助手はただ顔を傾《かし》げただけで、即答できず調べ直して結果を彼に告げると言ってそのまま終わった。原因は名簿順で一人前の余り成績が良くないA君と彼の成績が入れ替わっていたようであった。しかし、その事はその後、彼に何の連絡もなく、秋の面接を受けることになった。

教授は二ヵ月前の事は一切忘れて、眼の前にいるのが同一人物とは認識なく「こんな良い成績ならどんな所でも紹介できる」と言った。この事から判るように、岩成はそれほど教授側にとって印象の薄い学生であった証拠である。実際、クラブ活動は当初ヨット部に入ったものの、滋賀県大津市の琵琶湖畔、柳ケ崎にある部の艇庫まで、京都から授業後通い練習に明け暮れることは難しく、一ヵ月余で退部して、どのクラブにも所属せず、授業は真面目に聴講するが後は真直ぐ自宅に戻りアルバイトの算段をする毎日であった。教授や助手達の指導下での実験や放課後歓談する事も殆んどなく、彼の印象が薄かったのも頷ける。

教授の薦めてくれた日本道路公団は、当時名神高速道路の建設に邁進していたが、その後は東名高速道路の建設着工が取沙汰されてはいたものの、将来の見通しは何も無いと感じて、率直にその旨を告げた。同公団はその時から僅か五年前の昭和三十一年（一九五六）四月に設立されたばかりで、建設資金の乏しいわが国は、その年の八月に世界銀行から資金を借款《しゃっかん》するためにアメリカから調査団を受け入れた。その時の調査報告書（ワトキンス・レポート）で「日本の道路は信じ難いほど悪い。工業国にしてこれほど完全にその道路網を無視してきた国は日本の他にない」と言われた事は有名である。現実に三回生の時、友人と彼の父親の自家用車で京都から伊豆地方に旅行したが、静岡県下の国道一号線が未舗装の砂利道で、砂煙を上げて走行した事があり、その事を実感した覚えがある。

主任教授は「君がそう考えるのであれば仕方がない。他に希望する会社は？」と聞かれたので、迷うことなく㈱大和橋梁を選んだ。㈱大和橋梁は当時資本金四億円、従業員数約七〇〇人の中規模会社であり、横河橋梁、松尾橋梁、宮地鉄工所と並んで、戦前から橋梁・鉄骨を専業とする老舗のファブリケーターであった。三菱重工業、川崎重工業、石川島播磨重工業等の造船各社が後を追っていたが、まだまだ健在ぶりを発揮していた。その時、大学には、彼が魅力を感じなかった官公庁は別にして、民間企業七十社程から初任給を提示して募集要項が掲示されていた。大本組、奥村組、清水建設、大成建設等のゼネコンに混じって道路公団、日本国有鉄道等があり、その中に㈱大和橋梁もあった。初任給は最低で一万一〇〇〇円（現在換算：一二万円）から最高で一万七五〇〇円（同：一九万円）で、道路公団は一万四一三〇円（同：一五万六〇〇〇円）だった。㈱大和橋梁は一万七〇〇〇円（同：一八万五〇〇〇円）で最も高い部類に入っていてそれも気に入った。その時でもなお建築に拘《こだわ》っていて、建築に近い土木分野と、自分で勝手に判断して鋼製橋梁の世界を選んだのである。

入社への話はトントンと進んだ。まず大学から㈱大和橋梁に紹介状を出して貰い、直ぐに面接試験があった。面接試験の直後、人事課の者が、彼の留守中に自宅と近所に家庭調査に来た。そして七月十七日付けで「採用通知書」が届いた。話はこれで終わらず、会社に出した「入社請書」が届いた頃、今度は原稿用紙が送られてきて「現代の世相を語る」という題で論文を書かされた。非常に念の入った対応だと彼は感じた。

昭和三十七年（一九六二）四月一日付で彼はようやく㈱大和橋梁の見習社員として採用された。「見習」とは、入社後六ヵ月間は試用期間という事だった。因《ちな》みに六ヵ月後の十月一日付けで「社員の待遇を為す」という辞令を受け取り晴れて正社員になっている。

3　初任給

会社には同級生の蘆田《あしだ》君と二人が入社し、それぞれの希望により、蘆田君は設計部に彼・岩成は工事部に配属された。ただ入社日は四月二日（月）ではなく、春季闘争の労使交渉が長引き四月五日に変更された。

給与は六ヵ月間の見習期間中は日給月給制であった。基本給の日額単価は入社時、春闘の結果を反映して、三七六円に昇給した。一ヵ月は二十五日で計算するため、月額に直すと九四〇〇円となり、同額の出勤手当を加えて一八八〇〇円、それと六〇〇円の通勤手当を合計して、四月末に手にした初任給は一九四〇〇円（現在換算約一九万一千円）となった。残業分は翌月に支払われるため、基本給・出勤手当・通勤交通費の合計金額である。

第二節　業務内容と給与

1　当初の業務内容

入社直後の彼の業務は本社の近辺の工事現場の見学と測量などの補助業務であった。そんな中、彼に任された仕事は日本道路公団から受注した名神高速道路の大山崎橋の床版鉄筋配筋図の作成であった。京都と大阪の境にある天王山の麓を名神高速が通るが、国鉄東海道線と阪急京都線を一挙に跨ぐ橋（ランガー桁橋と言うアーチ橋）の設計・製作・現場工事一式を大和橋梁㈱が受注していた。工事部として現場工事を行う上で橋の上に車が通る床版と言う鉄筋コンクリートの路面を造るにあたって、コンクリート内にどのような鉄筋をどのように加工して配置すれば良いかと言う問題に突き当たる。直径何ミリの鉄筋をどのように配筋するかは設計部で計算して図面化するが、現場では、直径何ミリの鉄筋を、一本毎に、どのように曲げ加工して、現場でどのように組立てれば良いかを図面で明示すると共に、材料として、径何ミリの、長さ何メートルの鉄筋が何本必要かと言う「鉄筋表」が必要になる。それは結構手間のかかる複雑な仕事であった。仕事の合間は、隣接する工場内をぐるぐる歩き回って、鋼橋がどのような手順で、どんな工程で製作されているのかをつぶさに見学した。工場の作業員からは、時々若造が工場内をウロウロしているが、何をしているのか？　と上司に文句が出ているようだったが、これが、後に判る事だったが、橋の現場でお役所の担当者の質問に答え、協議・説明する時に大いに役立った。

入社間もない頃、上司の山田課長から彼は「君の大学の成績順は二番だった」と告げられた。入社後、大学に問合せた結果だそうである。前年の就職模擬面接や就職先斡旋時は四回生が始まったばかりで成績は三回生のものであった。その年の三月に卒業してようやく四回生の成績が固まる。同期の土木科の卒業生数は入学時より二十数名減って一三三名であった。順位は卒業間際にはみんなの噂で何となく判っていたし、一番は西山君という、病気で遅れて入学した彼等より四〜五歳年上の学生で、東京の大手ゼネコンに就職した大男であった事も知っていた。そのため、改めて成績順が二番だったと知らされても特に何の感慨もなく、ただ、これで、「牛後《ぎゅうご》」には成れなかったが、少なくとも「鶏口《けいこう》」には成ったと彼は思った。

2　その後の業務内容

そんな事をしている間に、群馬出張が決まった。昭和三十七年（一九六二）八月のある日、山田課長から群馬県の橋の担当を言い渡された。橋の架設・床版・舗装・塗装一式工事の現場代理人としてであった。

課長と共に上越線水上駅からバスで一時間余り山間に分け入った利根川上流のダム湖・藤原湖畔の現場調査と下準備を行った後、翌九月に再び、今度は一人で現場に向った。初めての一式工事の現場監督就任であった。橋は、径間が二十五㍍位ながら、幅員《ふくいん》六㍍の鋼桁橋で、群馬県では最初の曲線橋、その上斜橋でもあるチョット手強い工事であった。

施工は、架設工事は東京の子飼いの業者に下請させ順調に出来たが、床版工事などのコンクリート工事は一見《げん》の現地土建業者に外注した。大阪から来た若い監督の指揮下での仕事が気に入らないのか、請負金額に不満があったのか、思う様には工事は進捗出来なかった。予想外の工期がかかり、十一月末に完工し、無事竣工検査合格となったが、ほろ苦い成果であった。

群馬県から帰社して翌年の秋、宮崎県に長期出張するまで、まさに、橋に次ぐ橋の仕事が連続して始まり、東奔西走の毎日であった。順に列挙すると、東海道新幹線の滋賀県米原駅構内の跨線橋架設現場・見学、大阪府八尾土木・御厨中橋・測量、東京・首都高速現場・補助業務、秋田県・雄物新橋・架設工事現場代理人（現場滞在三週間）北海道開発庁・中愛別橋・架設工事・現場監督補助（現場滞在十九日間）阪神高速道路・西横堀高架橋・打合せ測量、阪神電車・六軒屋川橋梁・測量、宮崎県・高鍋大橋の測量業務と出張業務が続いた。

また、昭和三十八年（一九六三年）七月には、日本道路公団の招待で、名神高速道路で先行して完成した京都・山科の区間を飛行機と同様に気密構造にした日本初の特殊高速バスで、時速一四〇

写真―① 名神高速道路部分開通記念（1963）

㌔で試走した事もあった。社長宛の招待状だったが、現場の判る者が参加せよとの話で彼が参加する事になったが、他社の参加者は役員クラスばかりで、真夏にも拘らず、道路公団の岸道三総裁を始め全員が背広姿であった。その中で、彼だけが半袖のシャツ姿で記念写真の右端に、まるで添乗員のように収まっている（写真―①）時は恰《あたか》も翌年にアジア初の東京オリンピック開催を控えて、日本中が関連するインフラ工事に沸いていた時で、数年前に工事を開始していた我が国最初の高速自動車専用道路、名神高速道路の部分完成時に立会った歴史的な瞬間とも言える。正に日本の高速道路時代の幕明けの時であった。

3 特殊架設工法の開発

昭和三十九年（一九六四）七月、宮崎県・城橋の現場に入った。現場位置は、宮崎県西臼杵郡日之影町城で、延岡市に河口のある五ヶ瀬川の上流である。橋は、径間長が七六㍍のトラス橋で、左岸側に径間長一〇㍍程の鈑桁《ばんげた》橋が付いている。川は両岸の岩の間に白波を立てた激しい流れがある。左岸側に県道、右岸側に集落があり、国鉄高千穂線（現在廃線）が走り、近くに城駅がある。この間に橋は無かったため、城橋は新橋であった。

この橋の架設工法は、ＰＣＴ工法と言い、宮崎県の許可を得て行う実験であった。ＰＣＴとはプレテンションド・ケーブル・トラス（Pretensioned Cable Truss）の略称で、従来のケーブルエレクション工法の主索、吊索と対称位置に下主索、下吊索を張り渡し、吊索に取り付けたチェンブロックまたはターンバックルを絞って、各ケーブルにある大きさの張力（プレストレス）を作用させる。それ以後初めて橋体の架設を開始するという工法である。このプレストレスの大きさを架設する橋体の重量と同じにすれば、上の主索、吊索には架設を完了したときと同じ張力が働くことになり、従って、この時に全ての仮設機材の安全を点検、確認できるので、作業員は大きな安心感を持って架設を進められる。プレストレスを作用させたまま、橋体を架設してゆくと、プレストレスに橋体の重量を加えたものが、上の主索、吊索に作用するように思えるが、実際には上下の主索のサグ（ケーブルの垂れ具合）張力計の伸び率等の関係より、理論的に算出できるある効率（逓減《ていげん》率）があり、この割合分しか上吊索、吊索の張力は増加しない。この工法を最初に思いついたのが、架設工事の下請会社・大神製缶の社長であり、理論的な解析を行ったのが九州工業大学の渡辺教授であった。大和橋梁の設計部でも解析したが、厳密解は非常に複雑であるとして手を引いていた。

彼は社内実験を経て、この城橋に続いて、昭和四十一年（一九六六）六月、宮崎県・小原橋でも実橋の現場実験を担当し、さらに昭和四十三年（一九六八）には日本道路公団にも認めて貰い、東名高速道路・静岡県の根古屋橋でも本工法を適用、得られたデータから簡易な実用解を考えて公表した。

後の事であるが、九州大の先生等と共に、昭和四十三年（一九六八）の五月には土木学会の論文集に掲載され、同年同月、特許工法と認定された。また、同年十一月には専門技術誌「橋梁と基礎」にも掲載された。さらに翌四十四年（一九六九）三月には、発明工法として科学技術庁長官賞が大神社長に授与された。昭和四十四年（一九六九）十二月発行の近代図書刊行の「建設工事の架設計画と実例」という専門書にも新工法として掲載された等々、輝かしい成果を得た。

一言でいうと、架設途上が不安定で、不安全なケーブルエレクション工法を確実で、安全な工法に変えたのがＰＣＴ工法である。しかし、仮設の工事設備（下主索、同アンカー設備、下吊索、張力計等）が今までより余分に必要であり、当時としては、その費用を役所で予算金額に計上しにくい欠点があったようで、その後多くの橋の架設工法として一般的に適用される様な発展は出来なかった。

第三節　㈱東亜製鋼所への転職経過

1 退職前の業務状況

昭和四十一年（一九六六）十一月、彼は野島常子と見合結婚した。新婚旅行から帰ってからも、重要な仕事が待っていた。まず、千葉県・幕張高架橋の計画を済ませると、前記した根古屋橋に関するＰＣＴ工法の資料作成・客先《きゃくさき》協議、高知県・青柳橋の計画、京都市・河合橋の計画及び現場監督、新潟県・取上橋の現場調査・客先協議、博多・九州大学でＰＣＴ工法に関する打合せ等を行い、そして昭和四十二年（一九六七）五月、新潟県・取上橋の現場監督として赴任した。妻・常子も同行した。

所在地は、新潟県東蒲原郡三川村で、越後山脈の谷間を縫って流れた急流・阿賀野川が開けた新潟平野に出る直前にあたり、国道四五九号線（若松街道）の取上地区、鉄道の磐越西線・東下条駅の近くに位置する。橋長は二三三㍍、幅員八㍍の二車線、両側に歩道、二径間連続曲線箱桁一連、二径間連続鋼鈑桁一連の四径間橋で、鋼重六六六トン、床版・現場塗装までの一式工事で、会社としても大きな仕事であった。平面的には両側に曲線が入っている。

津川町内の一軒家を宿に定めて、種々の架設準備作業が終り、いよいよ架設工事を始めようとした八月、中間報告で大阪の本社に帰っていた時、後に「羽越豪雨」と呼ばれた大雨で、架設用設備の殆どが流された災害に遭遇した。現場に急行して被災状況把握と災害報告を客先にして、後を同僚に任せて帰社した。架設のやり直しは、その年の暮れ、ケーブルエレクション工法をやめて、橋脚基部から斜めに張出した支保工による、片持ち工法を採用し、彼に代わって板垣課長が現場監督となり、無事完工した。他業務の関係とは言え、やり直し工事の担当を外された事は、彼にとって残念な事であった。

約三ヵ月の取上橋監督業務を途中で終えて帰社すると、仕事が目白押しで待っていた。道路公団・神奈川県・松田の嵐橋現場調査・打合せ、首都高速六一八工区現場調査、阪神高速・大川北工区の計画、京阪電車・寝屋川橋梁の計画、岐阜県・北方高架橋の計画、大阪府・国分橋の協議・手延機設計・架設計画、大分県・乙津川橋の計画、東名高速道路・大井川橋の架設補助、大阪府・千里跨線橋の現場調査・計画、長野県・田島橋の現場調査、南海電車臨港線・鋲検査立会、島根県・長橋の計画、熊本県・安巳橋の現場調査、秋田県・扇田橋の現場調査・測量、北海道・上蘆別橋／麓橋の現場調査、静岡県・大代川橋の計画、熊本県・菊地川橋の計画、大阪府・龍華跨線橋の架設計画等々の仕事であった。

また、それと平行してＰＣＴ工法がまとめの段階で、専門誌への投稿や九州工大と協議して計算式の提示などで忙しくなっていた。一方、阪神公団・東灘工区の計画、竜華跨線橋の計画・測量・

架設工事用手延機の設計等、南海臨港線橋梁の測量、鉄建公団・阿武隈川橋梁の現場調査・協議・接待・計画等を行い、昭和四十三年（一九六八）十二月には首都高速道路六一八工区の現場で業務応援を行い二週間滞在した。

そして年が明けて昭和四十四年（一九六九）、阿武隈川橋梁の詳細計画・見積・工程検討、阪神公団・東灘工区の協議・詳細計画、首都高速・箱崎高架橋の測量・アンカーフレーム据付、福岡県・新田大橋・架設計画、大阪市・天満橋の計画、京都・伏見幹線橋の現場調査・計画、大阪・天王寺立体交差打合せ、阪神公団・住吉工区の現場調査・計画などでバタバタしていた。

２ 退職

昭和四十四年（一九六九）の初め、山田次長から突然話があり、大和橋梁を退職して新日本製鉄㈱か㈱東亜製鋼所のどちらかに行かないかとの事。その時の話では、出て行く理由として、大和橋梁は組合が強くストばかりして落ち着かない。ここでは今後の受注工事の多寡《たか》が知れている。新日鉄や東亜製鋼はこれからドンドン橋梁工事に手を出して行くので、先行きが楽しみである。新日鉄・東亜のどちらからも誘いがあり、新しい組織を作る予定があると言っている。一緒に出て行く仲間は、板垣課長他七名の予定との由で、数回会社の外で隠密裏に打合せを行った。彼はその時深くは考えず、より大きな会社で同じ様な仕事をより多く出来れば良いと単純に考えていた。正直その年の春闘も、より一層激しくてストを決行、彼等工事部の人間が対外的に客先と協議・打合せを行う事が多く、ストだからと言って客先対応を疎かには出来ない面があり、身の振り方に困った事がある。営業部の人間も同様であろう。彼は、結局、退職に合意した。彼が出張で家を留守にしていた時、この大山崎町の家に山田次長が訪ねて来て、彼の両親に、彼の退職と転職の承諾を頼んだとの事であった。

間もなく転進先は㈱東亜製鋼所と決まった。意見を聞かれた時、東京勤務の可能性が少ない東亜の方が良いと思った仲間が多かったからか。その時は、山田次長が大和橋梁を退職する本当の理由は分からないままであったが、案外単純な人事異動が原因だったかも知れない。山田次長が同年四月に岡山君と森安君を道連れにして退職した直後、設計部の友永次長が、即工事部の部長として着任した。山田次長が去ってから、彼は友永部長と設計の藤永部長に誘われた夕食の席で、山田さんに騙されるな、辞めて付いて行っても良い事は無いと口を揃えて説得され、引き止められた。しかし、同年七月十日付けで彼は大和橋梁㈱を退職した。退職時の役職は工事部計画第二係・係長だった。長崎県・平戸大橋の営業用架設計画と見積書をまとめたのが、大和の最後の仕事になった。退職を予定した仲間の内、中山氏だけが退職を取りやめた。

第四節　大和橋梁での給与等

1　給与と賞与

㈱大和橋梁での給与・賞与と退職金を以下の表―③から表―⑤に示す。在籍期間七年四ヵ月の総額は三九〇〇万円余（現在換算）であった。

これらの表で、給与の月毎の金額に多少の変動があるのは時間外手当の差である。年平均給与の五ヵ月分ほどの賞与を含めた年収合計金額は、入社年の昭和三十七年（一九六二）を除いて見てみると、着実に昇給していると言える。昇給率は対前年比で、昭和三十九年（一九六四）は約一二％、以下約七％、一一％、一四％となり、そして四十三年（一九六八）は一八％で、五年間の平均値は約一四・四％となっている。この数字にはベースアップと年次昇給分が含まれているので、ベースアップのみでは、昭和四十五年（一九七〇）当時で五年間の平均値として一二・六％（国民所得統計）という数字もあるので、ざっと世間の標準値に近い給与であったと思われる。欧米の水準を追いかけていた高度経済成長期の真っ只中の時代と言える。

収入集計表（表—③）

昭和37年（1962年）　㈱大和橋梁　単位：円　（23歳）

月　度	給　与	賞与等	計	再評価率	再評価額	備　考
1月						
2月						
3月						大学卒業
4月	19,400		19,400	9.833	190,760	入　社
5月	21,972		21,972	9.833	216,051	
6月	22,183	5,000	27,183	9.833	267,290	
7月	20,089		20,089	9.833	197,535	
8月	20,496		20,496	9.833	201,537	
9月	20,734		20,734	9.833	203,877	
10月	21,696		21,696	9.833	213,337	
11月	23,547		23,547	9.833	231,538	
12月	26,821	76,560	103,381	9.833	1,016,545	
年　計	196,938	81,560	278,498		2,738,471	

昭和38年（1963年）　㈱大和橋梁　単位：円　（24歳）

月　度	給　与	賞与等	計	再評価率	再評価額	備　考
1月	25,977		25,977	9.833	255,432	
2月	24,090		24,090	9.833	236,877	
3月	23,782		23,782	9.833	233,848	
4月	25,620		25,620	9.028	231,297	
5月	32,207		32,207	9.028	290,765	
6月	42,863	74,214	117,077	9.028	1,056,971	
7月	31,332		31,332	9.028	282,865	
8月	28,325		28,325	9.028	255,718	
9月	26,575		26,575	9.028	239,919	
10月	32,288		32,288	9.028	291,496	
11月	30,735		30,735	9.028	277,476	
12月	27,422	88,124	115,546	9.028	1,043,149	
年　計	351,216	162,338	513,554		4,695,814	

昭和39年（1964年）　㈱大和橋梁　単位：円　（25歳）

月　度	給　与	賞与等	計	再評価率	再評価額	備　考
1月	27,849		27,849	9.028	251,421	
2月	25,775		25,775	9.028	232,697	
3月	29,199		29,199	9.028	263,609	
4月	33,185		33,185	8.299	275,402	
5月	27,774		27,774	8.299	230,496	
6月	34,974	85,943	120,917	8.299	1,003,490	
7月	33,772		33,772	8.299	280,274	
8月	35,725		35,725	8.299	296,482	
9月	36,376		36,376	8.299	301,884	
10月	37,845		37,845	8.299	314,076	
11月	34,256		34,256	8.299	284,291	
12月	36,076	95,560	131,636	8.299	1,092,447	
年　計	392,806	181,503	574,309		4,826,568	

収入集計表（表―④）

昭和40年（1965年）　㈱大和橋梁　単位：円　（26歳）

月　度	給　与	賞与等	計	再評価率	再評価額	備　考
1月	36,543		36,543	8.299	303,270	
2月	33,564		33,564	8.299	278,548	
3月	33,617		33,617	8.299	278,987	
4月	36,763		36,763	8.299	305,096	
5月	15,529		15,529	7.261	112,756	
6月	40,308	95,812	136,120	7.261	988,367	
7月	37,030		37,030	7.261	268,875	
8月	34,560		34,560	7.261	250,940	
9月	35,720		35,720	7.261	259,363	
10月	36,229		36,229	7.261	263,059	
11月	39,006		39,006	7.261	283,223	
12月	41,259	101,094	142,353	7.261	1,033,625	
年　計	420,128	196,906	617,034		4,626,109	

昭和41年（1966年）　㈱大和橋梁　単位：円　（27歳）

月　度	給　与	賞与等	計	再評価率	再評価額	備　考
1月	37,400		37,400	7.261	271,561	
2月	41,530		41,530	7.261	301,549	
3月	36,340		36,340	7.261	263,865	
4月	40,500		40,500	6.671	270,176	
5月	40,632		40,632	6.671	271,056	
6月	40,000	104,756	144,756	6.671	965,667	
7月	43,522		43,522	6.671	290,335	
8月	51,386		51,386	6.671	342,796	
9月	47,544		47,544	6.671	317,166	
10月	47,312		47,312	6.671	315,618	
11月	42,299		42,299	6.671	282,177	
12月	39,140	113,125	152,265	6.671	1,015,760	
年　計	507,605	217,881	725,486		4,907,726	

昭和42年（1967年）　㈱大和橋梁　単位：円　（28歳）

月　度	給　与	賞与等	計	再評価率	再評価額	備　考
1月	42,501		42,501	6.671	283,524	
2月	40,066		40,066	6.671	267,280	
3月	40,006		40,006	6.671	266,880	
4月	47,654		47,654	6.490	309,274	
5月	45,181		45,181	6.490	293,225	
6月	49,972	114,663	164,635	6.490	1,068,481	
7月	53,896		53,896	6.490	349,785	
8月	58,474		58,474	6.490	379,496	
9月	55,945		55,945	6.490	363,083	
10月	49,051		49,051	6.490	318,341	
11月	49,370		49,370	6.490	320,411	
12月	47,116	131,462	178,578	6.490	1,158,971	
年　計	579,232	246,125	825,357		5,378,753	

収入集計表（表―⑤）

昭和43年（1968年）　㈱大和橋梁　単位：円　（29歳）

月　度	給　与	賞与等	計	再評価率	再評価額	備　考
1月	57,920		57,920	6.490	**375,901**	
2月	49,958		49,958	6.490	**324,227**	
3月	49,751		49,751	6.490	**322,884**	
4月	63,586		63,586	5.741	**365,047**	
5月	61,474		61,474	5.741	**352,922**	
6月	58,440	139,278	197,718	5.741	**1,135,099**	
7月	63,448		63,448	5.741	**364,255**	
8月	54,118		54,118	5.741	**310,691**	
9月	55,804		55,804	5.741	**320,371**	
10月	59,986		59,986	5.741	**344,380**	
11月	55,814		55,814	5.741	**320,428**	
12月	53,998	153,491	207,489	5.741	**1,191,194**	
年　計	684,297	292,769	977,066		**5,727,400**	

昭和44年（1969年）　㈱大和橋梁　単位：円　（30歳）

月　度	給　与	賞与等	計	再評価率	再評価額	備　考
1月	61,186		61,186	5.741	**351,269**	
2月	54,864		54,864	5.741	**314,974**	
3月	61,866		61,866	5.741	**355,173**	
4月	69,315		69,315	5.741	**397,937**	
5月	61,514		61,514	5.741	**353,152**	
6月	72,736	208,373	281,109	5.741	**1,613,847**	
7月	43,147	482,000	525,147	5.741	**3,014,869**	退職・退職金
8月						東亜製鋼所へ
9月						
10月						
11月						
12月						
年　計	424,628	690,373	1,115,001		**6,401,221**	

㈱大和橋梁での収入金額・合計	**39,302,062**

ただ、この給与実額ではなく、年金機構の示す、当時からの物価変動を考慮した再評価率を掛けた再評価額で見ると、対前年比の昇給率は同様に、昭和三十九年（一九六四）は約二・八％、以下、マイナス約四・二％、六・一％、九・六％となり、そして四十三年（一九六八）は六・五％で、五年間の平均値は僅か約四・二％と少なくなっている。この値にベースアップと年次昇給分が含まれていると考えると、年金額算出の根拠となる平均報酬月額として、当時の彼自身の実感と比べて、かけ離れて小さい昇給率となり、疑問が残りすっきりしない。

なお、昭和四十四年（一九六九）六月の「賞与等」欄には六月に支給された賞与と翌七月の退職時に清算された十二月に支給される予定の賞与分の在職期間比率分(依願退職に依る支給率を適用)が含まれている。

2　時間外手当

これらの表の給与には時間外手当が含まれているが、収入金額としては実態と多少異なる。前記したように、この七年三ヵ月の大和橋梁在籍中の業務は多忙を極めた。特に事務所外での業務が忙しく、長短期の出張に依る業務外泊平均日数は、暦日の約二五％、合計六七四泊にもなった。当然、この期間は社内にいての時間外手当は無い。代わりに日当が出たが、当時二〇〇～五〇〇円／日程度であり、宿泊数の一・五倍と考えても計一〇〇〇日分の日当で、金額に直して三五万円（現在換算で約二四〇万円）程度である。

時間外手当の実績合計は約二五万円（現在換算で精々一七〇万円）で、事務所での時間外勤務は多い月で四十〜五十時間程度で余り多くなかった。

3 退職金

在職期間七年三ヵ月、理由が「自己都合退職」に依る支給率は四六・七五%に減額される事になっていた。退職時の基本給は二万九一〇一円、支給月数は、在職年数を七・二五年と表し、これに三・五を掛けて二五・三七五月となり、掛け合わせて支給率を考慮すると支給額は三四万六〇〇〇円（現在換算・約二〇〇万円）となった。

しかし、ここから更に借入金の返済分を差し引かれた。実は一年余前の昭和四十三年（一九六八）五月に京都府大山崎町で自宅を購入した際、資金が足りなくて入社七年目の身で退職金の前借を会社に申出て、限度額上限の二三万円を借用した。毎月三〇〇〇円を給与から天引き、賞与受領時毎に一万円を返済する事にして来た。借用金には日歩一銭八厘の利息が発生するため、退職時にはまだ一八万三〇〇〇円余の借入残金があった。結局手取りの退職金は一六万二〇〇〇円余であった。

収入集計表の七月「賞与等」の欄には退職金の全額と係長以上の社員の親睦会「長睦会」からの餞別金及び組合積立金の残額等を合算して計上している。

第二章　㈱東亜製鋼所時代

第一節　初期、橋梁事業の模索時代

1　入社

昭和四十四年（一九六九）七月初めに㈱東亜製鋼所で他のメンバーと共に面接試験を受け、同月の十四日電報にて「サイヨウス・一六ヒアサ九ジ・ライシャコウ」と連絡を受けた。十六日付けで「労働契約書」を交わし、九月十五日までの二ヵ月間の試用期間を経て、九月十六日で正社員になった。

㈱東亜製鋼所は当時資本金五八五億円、従業員数は三万人（その後は分社化で次第に少なくなるが）を超える大企業であり、鉄鋼・機械・アルミ・伸銅・溶接棒等の業種を統合する複合経営の会社であった。そして近い将来、鉄骨・橋梁事業に参入する予定であった。

しかし、先に行われた面接時に彼の大和橋梁での最新の給与明細（基本給二万九一〇一円・出勤手当二万九一〇一円・諸手当計六四八〇円、合計六万四六八二円）を提示したが、東亜の返事は、社員段階は技手一級（係長級）とするが、当社の給与規定では、そこまでの金額は支払えない。合計五万五六五〇円であるとの事であった。先行して既に、その年の四月に大和橋梁から入社していた山田次長から聞いていた話と異なるとは思った。彼等は東亜製鋼所に入社をお願いしている訳ではなく、東亜が我々を新事業の遂行に必要な人材と考えて迎え入れるのではなかったかと思ったのである。

山田次長にこの件を伝えたが、会社から考慮するとの返事はあったものの、明確な金額の提示がないまま、手にした八月分の給与で、超過勤務手当を除いて六万三一八五円となっていたのを見て、大和橋梁時代とほぼ同額であると納得した。超過勤務手当を含めると、後の表に示すように七万三〇五三円となり、再評価額では約四二万円となった。

配属先は本社の市場開発部であった。直後の十月一日から長大橋工事部と名称が変り、その技術課員となった。これで「橋」との関わりが明確となった。

2 橋梁事業の模索時代

東亜に入社してしばらく彼は、今までが超多忙だっただけに、本当に閑だった。鋼製橋梁に関する受注~施工体制が全く無い段階で、東亜得意のケーブル（線材の全国シェアは二五％におよび、特殊鋼線は独壇場のため）関係事業が以前から存在した。翌昭和四十五年（一九七〇）三月から大阪府千里山で開催された万国博覧会では、エアドーム状の建築物・アメリカ館や恐竜が円盤状の施設を吊上げた構造のオーストラリア館などに使用されたのは東亜製鋼所・市場開発部で設計した同社の特殊鋼線ケーブルであった。そのためＰＷＳ(Parallel Wire Strand)の技術資料に目を通したり、吊橋の設計時に主索の中央部に設けるセンターダイヤゴナルステイ（Center Diagonal Stay）の計算式の電算プログラム化や、英文・吊橋の基本設計法（Preliminary Design of Suspension Bridge）の和訳を行い長崎県・平戸大橋の技術担当者に内容説明に行ったりしていた。その他、東亜が会員になっている吊構造小委員会の会議（東京）に出席し、資料の作成を行った。また、名古屋の滝上工業とタイアップし、天草・竜ヶ岳吊橋の受注に成功し、主索と吊索の詳細設計の担当者として、名古屋にたびたび出張し綿密な打合せを行った。その合間には、東亜がケーブル工事を施工中であった関門海峡大橋の現場にも行き、見学を兼ねて応援業務を行った。（写真—②）

写真—②　関門海峡大橋（1971）

　そうこうする内に、北陸地建のＯＢが入社し、道路公団のＯＢも加わり、大和橋梁の営業からも藤山氏が入社した。橋梁工事の受注は、まず、建設省（当時）の標準設計図書がある横断歩道橋から手を付けて行った。歩道橋は当時の社会現象であちこちに多数設置されるようになっていた。しかし、大手や橋梁専業会社は、規模が小さい割に、現場工事として基礎工事・下部工事が含まれ、上部工にはコンクリート工事やタイル工事など手数のかかる工種の多い採算性の悪い案件として、受注を敬遠する傾向が見られた。東亜のように後発で積極的に受注する姿勢はむしろ業界から歓迎されていたように思う。高知県・琴ヶ浜歩道橋、香川県・香西歩道橋・坂出歩道橋、兵庫県・西宮歩道橋、横浜市・洋光台歩道橋、大阪府・吹田歩道橋、岡山県・大還橋歩道橋、兵庫県・西脇歩道橋・円応教歩道橋、京都府・八幡歩道橋、新潟県・今町歩道橋など数多くの歩道橋を継続して設計・施工した。併せて比較的設計が簡単な鈑桁橋も建設省中心に受注できた。新潟県・戸野目川橋、石川県・刈谷第二橋、岡山県・荒田橋などである。他には水道管を河川上に渡す水管橋も設計・施工した。三重県・昭和水管橋や里前/細石水管橋、兵庫県・思案橋水管橋、大阪府・石川水管橋などであった。

この段階では製作工程を担う部門は東亜社内に無かった。このため、尼崎に本社工場のある㈱岡本鉄工所や加古川の永田製缶㈱を東亜の協力会社として鋼橋等の工場製作を外注していた。どちらの会社も、それまでは一般的な建築の鉄骨加工が主であったので、橋梁の製作経験はまったく無く、最初は相当戸惑った。東亜側として製作管理を担当するのは岩成しかいなかった。最初は工事部出身の彼が、何故、工場製作の管理を任されるのかと山田次長に訴えたかったが、周囲の事情を考えて、黙って従事せざるを得なかった。

鋼橋の製作で肝心なのは、溶接とその歪みの管理である。その歪みを考慮に入れながら、重量がかかったら撓《たわ》むため、予め梁《はり》にむくり（キャンバーCamber）を持たせなければならない。それに役立ったのは、大和橋梁時代、製造の人間から「いつも工場内をウロウロしている、あの工事部の若僧は何だ」と言われながら、閑を見て工場内を巡回し様々な製作工程を直接見ながら学んだことである。もちろんそれだけではなく、ものの本に目を通して事前に勉強もしたし、外注会社の工場長や社長と膝を突き合わせて最適な製作方法を模索した事もある。注文主である官公庁の立会検査を受ける時は、これらの工場に「東亜協力工場」と明記した看板を掲げさせて検査官に説明した。工場製作の検査に先立ち行われる材料検査に重点を置き、鋼板を製造する東亜加古川製鉄所に案内して広大な材料置場で受検を行い、序で工場見学をして貰っていた。

また、それまでに東亜独自で開発してきたＩＢグレート床版、すなわち、I形鋼の腹板に孔をあけ、そこに鉄筋を配して、薄い鋼板を底板として、コンクリートを打設していた簡易床版を、もう一歩進める開発にも手を付けた。それは、底板をI形鋼の底に差し込むのではなく下側に溶接で取付け、ＩＢ床版のパネル化・プレハブ化を行い現場作業の効率化を狙った工法である。新床版は、新日鉄とも協調して道路公団に働きかけた結果、昭和四十八年（一九七三）には、工期短縮効果が認められ、沖縄海洋博関連の沖縄縦貫道に建設される橋梁に大量に採用された。そのため那覇にある公団との協議に大阪から何度も日帰りで出張し、また沖縄中部の屋嘉《やか》に床版用パネルの配送基地を設けて、縦貫道施工業者との折衝に努めた事もある。

東亜での橋梁部隊の初期段階業務は、入社前の彼の予想とは大きくかけ離れた内容であったが、この様にして始まった。

彼と同時に大和の工事部から入社した堀川君は、入社して数ヵ月後、突然姿が見えなくなり、山田次長にも行方が知れない無断退職状態になった。仕事の内容も周囲の環境も予想を遥かに超えて変化したため、とても馴染めないと判断したようである。現在も堀川君の所在は不明のままである。

3 給与と賞与

東亜入社後五年間程の業務内容は前記の通りであったが、その間の給与・賞与の収入状況を以下の表—⑥及び表—⑦に示した。

大和橋梁を退職し、東亜製鋼所に入社した年・昭和四十四年（一九六九）の収入は、両方を合計すると（表—⑤と表—⑥から）実数で一六三万円余となる。大和橋梁の退職金が含まれているものの、東亜製鋼での十二月の賞与が半分程度であるため、翌年の総額とほぼ同じであった。再評価額は約七〇〇万円である。

収入集計表（表―⑥）

昭和44年（1969年）　㈱東亜製鋼所　単位：円　（30歳）

月　度	給　与	賞与等	計	再評価率	**再評価額**	備　考
1月						
2月						
3月						
4月						
5月						
6月						大和橋梁退職
7月	30,329		30,329	5.741	**174,119**	入社
8月	73,053		73,053	5.741	**419,397**	
9月	68,004		68,004	5.741	**390,411**	
10月	77,103		77,103	5.741	**442,648**	
11月	77,103		77,103	4.388	**338,328**	
12月	72,098	119,365	191,463	4.388	**840,140**	
年　計	397,690	119,365	517,055		**2,605,043**	

昭和45年（1970年）　㈱東亜製鋼所　単位：円　（31歳）

月　度	給　与	賞与等	計	再評価率	**再評価額**	備　考
1月	73,918		73,918	4.388	**324,352**	
2月	70,279		70,279	4.388	**308,384**	
3月	68,914		68,914	4.388	**302,395**	
4月	88,594		88,594	4.388	**388,750**	
5月	109,270		109,270	4.388	**479,477**	
6月	88,885	265,213	354,098	4.388	**1,553,782**	
7月	91,415		91,415	4.388	**401,129**	
8月	100,767		100,767	4.388	**442,166**	
9月	88,885		88,885	4.388	**390,027**	
10月	92,846		92,846	4.388	**407,408**	
11月	116,886		116,886	4.388	**512,896**	
12月	85,230	293,596	378,826	4.388	**1,662,288**	
年　計	1,075,889	558,809	1,634,698		**7,173,055**	

昭和46年（1971年）　㈱東亜製鋼所　単位：円　（32歳）

月　度	給　与	賞与等	計	再評価率	**再評価額**	備　考
1月	84,011		84,011	4.388	**368,640**	
2月	84,011		84,011	4.388	**368,640**	
3月	84,011		84,011	4.388	**368,640**	
4月	89,310		89,310	4.388	**391,892**	
5月	142,983		142,983	4.388	**627,409**	
6月	87,420	323,612	411,032	4.388	**1,803,608**	
7月	109,929		109,929	4.388	**482,368**	
8月	96,868		96,868	4.388	**425,057**	
9月	101,090		101,090	4.388	**443,583**	
10月	106,536		106,536	4.388	**467,480**	
11月	131,480		131,480	3.806	**500,413**	
12月	105,552	292,499	398,051	3.806	**1,514,982**	
年　計	1,223,201	616,111	1,839,312		**7,762,714**	

収入集計表（表―⑦）

昭和47年（1972年）　㈱東亜製鋼所　単位：円　（33歳）

月　度	給　与	賞与等	計	再評価率	再評価額	備　考
1月	100,386		100,386	3.806	382,069	
2月	101,090		101,090	3.806	384,749	
3月	99,683		99,683	3.806	379,393	
4月	131,846		131,846	3.806	501,806	
5月	147,309		147,309	3.806	560,658	
6月	122,676	313,769	436,445	3.806	1,661,110	
7月	134,367		134,367	3.806	511,401	
8月	120,106		120,106	3.806	457,123	
9月	117,896		117,896	3.806	448,712	
10月	120,294		120,294	3.806	457,839	
11月	141,944		141,944	3.806	540,239	
12月	118,701	360,272	478,973	3.806	1,822,971	
年　計	1,456,298	674,041	2,130,339		8,108,070	

昭和48年（1973年）　㈱東亜製鋼所　単位：円　（34歳）

月　度	給　与	賞与等	計	再評価率	再評価額	備　考
1月	123,481		123,481	3.806	469,969	
2月	119,374		119,374	3.806	454,337	
3月	136,626		136,626	3.806	519,999	
4月	177,177		177,177	3.806	674,336	
5月	231,615		231,615	3.806	881,527	
6月	179,894	404,135	584,029	3.806	2,222,814	
7月	148,244		148,244	3.806	564,217	
8月	136,811		136,811	3.806	520,703	
9月	159,607		159,607	3.806	607,464	
10月	161,043		161,043	3.806	612,930	
11月	177,289		177,289	2.793	495,168	
12月	149,080	585,905	734,985	2.793	2,052,813	
年　計	1,900,241	990,040	2,890,281		10,076,276	

昭和49年（1974年）　㈱東亜製鋼所　単位：円　（35歳）

月　度	給　与	賞与等	計	再評価率	再評価額	備　考
1月	151,973		151,973	2.793	424,461	
2月	158,550		158,550	2.793	442,830	
3月	147,109		147,109	2.793	410,875	
4月	180,682		180,682	2.793	504,645	
5月	210,292		210,292	2.793	587,346	
6月	178,858	651,898	830,756	2.793	2,320,302	
7月	200,823		200,823	2.793	560,899	
8月	177,474		177,474	2.793	495,685	
9月	204,083		204,083	2.793	570,004	
10月	184,394		184,394	2.793	515,012	
11月	216,288		216,288	2.793	604,092	
12月	177,474	868,455	1,045,929	2.793	2,921,280	
年　計	2,188,000	1,520,353	3,708,353		10,357,430	

先に記したが、昭和四十四年（一九六九）十一月に再評価率が、それまでの五・七四一から四・三八八（約二四％）と激しく下落しているのが判る。現在の再評価額で十月の約四四万円から十一月は約三四万円と一〇万円も少なくなっている。その再評価率四・三八八はその後二年間、翌々年の十一月まで続いているが、やはりこの急激な段差には疑問が残る。

それでも、昭和四十八年（一九七三）満三十四歳で再評価額が年収一〇〇〇万円を超えた。賞与は昭和四十五年（一九七〇）六月分で一一六万円と一〇〇万円を超えた。

表では省略しているが、超過勤務手当は、年間合計で、昭和四十五年（一九七〇）・六万四〇〇〇円（現在：約二八万円）四十六年（一九七一）・三万三〇〇〇円（現在：約一四万円）四十七年（一九七二）・一一万三〇〇〇円（現在：約四三万円）四十八年（一九七三）・二九万五〇〇〇円（現在：一一二万円）四十九年（一九七四）・一一万円（現在：三一万円）とかなり増減が甚だしい。特に昭和四十六年（一九七一）は超過勤務手当が無い月が七ヵ月あり、残業規制が厳しい年であった。最も超過勤務が多かった月は、昭和四十八年（一九七三）の五・六月で、五月は残業六十八時間となり沖縄ＩＢグレートの設計検討等で徹夜作業をした日もあった。六月は残業時間数が四十七時間であった。

出張業務等に依るこの期間の外泊日数は、年間四十泊程度で、暦日数に対する割合は約一三％と、大和橋梁時代と比べて大幅に減っている。

第二節　他業種担当の時代

1　その前段階

昭和四十七年（一九七二）になって汽車製造㈱の設計部から櫛本君が入社し、社内の新入社員も育ってきて、ようやく設計課的なものが出来始めた。製作についても外注・下請でなく東亜社内の呉工場・船用製缶部門が橋梁の製作に乗り出す事になった。しかし、橋は初めての仕事になる為、まず「鋼橋とは何か？」の講義から始めなければならなかった。その講師に製作・製造が専門でもない彼・岩成が指名された。その年の夏から暮れに掛けて何回か広島県・呉市内の工場に出向き、原寸図の書き方、溶接歪みの考え方、キャンバーの取り方、特に工場塗装のいろいろは等について製造関係者を一堂に集めて話をした。山田次長は何の躊躇も無く彼を指名したが、その段階でも、まだ鋼橋の製作・製造に関する専門家が東亜には誰もいなかった。

関連の開発業務として、先に記したＩＢグレートのプレハブ床版以外に、サンドイッチ床版（ＫＯＳＷＥＣＫ）やＫＩＴＩＧ合成桁等の開発推進も行った。ＫＯＳＷＥＣＫは鋼板を断面で見て三角や台形に組立てる鋼床版桁で規定により歩道橋にしか適用できなかったが、桁下空間に制限のある所や美観が問題になる地点で実橋採用になった。一方、KITIGは鈑桁《ばんげた》上部にフランジを設けず、原板にI形鋼を貫通させ、それに鉄筋を配置する構造で、いずれも過去に類を見ない特殊構造物であった。

しかし、いかんせん物件の受注量が絶対的に少なくて組織要員の維持が困難になりつつあった。そのため、橋梁に限らず、土石流を止める透過式の砂防ダムの開発にも乗り出して行った。これは直径六〇〇から八〇〇㍉の鋼管をジャングルジムのように組み立てて、谷川に設置し土石流を堰き止めるもので、全国各地の建設省の砂防工事事務所で採用されてかなりの好評を得た。そして、ついに、昭和五十年（一九七五）から五十一年（一九七六）にかけて一般的な土建工事や鉄骨架台にも進出し、彼・岩成がこれら二件の現場を引続いて担当する事になった。

2 他業種工事の担当

一件目は、京都府・久御山町の佐山排水機場建設工事である。本工事は東亜製鋼所・環境技術本部・下水道部が久御山町より受注し、その内土木建築工事一式を岩成等の部署が担当した。工事場所は、京都府久世郡久御山町林地区で、契約工期は昭和五十年（一九七五）八月十四日から昭和五十一年（一九七六）三月二十五日であった。

現場のある京都市南方の久御山町は、もともと宇治川・桂川・木津川の大きな三河川の遊水地で沼沢地であった巨椋池を昭和の初期に埋立てて出来た田圃の拡がる町である。明治・大正時代の巨椋池は、優雅に蓮の花を愛でる蓮見船が行き交う行楽地でもあった。従って、現場付近は現在でも土地は低く、雨後ある程度以上の滞水がある場合には、ポンプで水を押し上げ、近くの古川に放流する必要があるため、ポンプ場の新設となった。現場へ彼は、淀川の対岸にある大山崎の自宅から路線バスで通った。精々三十分程度の近距離である。

工事の施工一式は三井建設㈱に外注した。その施工管理員として彼が現場代理人を務めた。担当を命じられた最初は、大和橋梁を辞めて東亜製鋼所に来たのは、こんな仕事をするためでは無い筈だ、と文句も言いたかったが、仕事を終えてみて、個人的に非常に得る事が多かったと感じている。総額一億円程度の中位の工事であったが、土木と建築工事を合わせて本当に多種多岐の工種が集まり、三井建設の下請会社の層の厚さに感心した。中でも、当時の最新工法として、鋼矢板圧入工法や杭無振動無騒音工法が採用され、つぶさに目にする事が出来た。発注者の久御山町側に毎日設計㈱から設計施工管理者として大井氏が着任された。かなりのベテラン技術者で、毎日のように施工内容について鋭い質問や指示が出たが、全て現場代理人である彼を通して三井建設に伝える事になり、全ての問題に当然彼も関与して解決していた。八月末の種々の準備作業の後、九月一日に起工式を挙行し工事が始まった。三井建設は合原所長が建築・土木の部下六名を率いて常駐した。二階建て現場事務所の二階に彼の席もある事務室を設けて、その隣に個室の大井監督員室を配置した。

大井さんは毎日、図面や現場を見て疑問を感じるとどんな細かい事でも現場代理人の彼に質問してきた。即答出来ない問題は合原所長を呼び、その場で回答するようにしていた。彼が工事の成果を示す工事報告書用の資料を事務所で作成していると、現場代理人は現場を見るのが第一の仕事である、事務所に居らず現場を見なさいと口煩《うるさ》く言う人でもあった。着工して間もなくの九月中旬、彼が本件の担当を命じられる前に申込んでいた私的な韓国旅行、払い込んだ旅行費用がキャンセルしても返済されない事が判り、そのまま行く事にした。現場作業休止日の連休を挟んでいる日程のため、彼が留守でも何の問題も無いと確認して大井氏の了解を得ていた。もちろん会社にも、その旨を通知して旅行に出た。帰国してみると、留守中、元請である東亜本社の下水道部に大井氏から電話が入り、現場代理人の不在は問題であるとの話があり、下水道部から急遽臨時の代理人（山藤君）を派遣したとの事。現実に、臨時の代理人が現場に行っても何の問題も起きていなかった。当の大井氏は、帰国し現場に顔を出した彼を見ても、ケロッとして何の話も無かった。食えぬお人だと思い、以後、彼は気持ちを一層引き締め、現場を管理した。

現場工事は大きな問題も無く、契約工期通り、七ヵ月経った翌年三月三十日に竣工検査を受け、合格し、完工した。十日毎に作成していた工事旬報は十七報になり、それを含めてまとめた工事報告書は二〇〇ページ以上の大部になった。

その直後、今度は日本鋼管㈱の連鋳《れんちゅう》架台の据付工事の現場代理人として彼は神奈川県川崎市に行く事になった。

昭和五十一年（一九七六）四月十二日、川崎市の日本鋼管・扇島製鉄所内ある現場に行き、今回の下請会社・宮地建設と協議した。そして五月四日現場に赴任した。

本件は東亜の機械事業部が日本鋼管より受注し、機械・連続鋳造設備を支える架台である鉄骨構造物の製作・施工を岩成等の部署で請け負ったものである。機械事業部から杉田課長が所長として派遣され、彼は副所長として現場事務所に入った。

現場は、日本鋼管（ＮＫＫ）の稼働している工場内に新設する設備工事であるが、安全管理体制が厳しく、東亜も事務所全体の専従安全管理者として金沢氏がなり、土建工事専門の安全管理者として白石氏を配置した。毎朝、現場事務所の前に職員・作業員の全員を集めて所長と副所長・岩成が交代で朝礼を行い、同時に安全のスローガンを全員で唱和した。

彼は川崎市内のアパート「みどり荘」を契約し入居した。部屋は四畳半一間であった。問題は通勤である。現場が長い海底トンネルを抜けた扇島の奥にあるため、一般の路線バス便はない。結局、宮地建設との下請契約金額に送り迎えの個人タクシーの費用を上乗せして、朝夕の時間を決めて、アパートに送り迎えさせる事にした。結果的には、他の誰の手を煩わせる事も無く、彼が独自に行動出来たのは良かったと思えた。

街から行って、海底トンネルを抜けた所に扇島製鉄所の正門がある。車窓から見ていると、毎日のように正門脇に数人の人がプラカードを掲げて立っていた。よく見ると、そのプラカードにはその人が前日犯した不安全行為が書かれていた。例えば「禁煙の所でタバコを吸った」「ヘルメットを被ってなかった」「安全帯を付けて作業しなかった」など些細な事が書かれていた。続々と出勤する不特定多数の人々に対する告白で、見せしめである。ここまでやれば、再犯者は少なくなるであろうと想像された。他所では、ちょっと見掛けない厳しい風景であった。

それほど安全に対して厳しい所の、岩成の現場で死亡事故が発生した。土建ではなく機械の方であった。事故に関して、罹災《りさい》届を出す消防署、事故の詳細経過を見極める警察署、組織的な労働関係を追及する労働基準監督署、そして、一般に報道する新聞社などとの対応は、全て統括安全管理者である杉田所長に集中した。

連鋳架台工事は、九月三十日に竣工検査を受け、工事完了となった。約一ヵ月の旅館生活を除いた、川崎市のアパート暮らしは三ヵ月半に及んだ。

3　その後の業務

川崎より帰社して、彼は岐阜県・白鳥町や大阪市・太子橋のアルミ製プールの現場調査や客先協議をしたり、西宮市・阪神流通センターの鉄骨建方の現場監督に出たりしていたが、年が明け昭和五十二年（一九七七）になると、道路公団から関越自動車道建設のための城山工場用道路に架ける鏑《かぶら》川橋という工事用応急橋の受注があった。合間に、国鉄福知山管理局から受託した美和川橋梁と言う鈑桁の腹板に防振鋼板を貼りつけた防音橋梁（列車が走っても騒音を生じない橋）の現場担当を行ったりしながら、鏑川橋の現場代理人として計画書の作成し、三月二十五日より現場に赴任した。

現場は群馬県高崎市郊外の烏川と鏑川が合流する地点で、烏川の河川敷に設けられた城山工事用道路が鏑川を渡るために架けられるのが鏑川橋である。関越自動車道建設に必要な土砂を採取する城山土取り場からの道路であることから城山工事用道路と名付けられている。ただし、固定される橋ではなく、河川の増水時には、河川敷の高い所に引き上げて水害を避ける構造になっている。そのため、河川敷にはレールが埋め込まれ、橋にも車輪が取り付けられている特殊な橋である。

その工事目的は、工場で製作した鏑川橋を現場の河川敷で組立て、レール上を、トラッククレーンの牽引力を利用して走らせ、鏑川の橋台上に所定の通り据付けられるか、また架設された鏑川橋を、緊急時に目論み通り河川敷の高い所へ、同じくクレーン車で引き上げられるかどうかを検証する事にあった。

橋の型式は、先に述べた東亜が独自に開発したサンドイッチ鋼床版桁（ＫＯＳＷＥＣＫ）であった。一般の道路橋としての使用は出来ないが工事用の仮橋として初めて一般車両の通行を考えて設計したものである。注文主が日本道路公団で、ＫＯＳＷＥＣＫを一般橋梁に適用する足掛かりにもなる重要な案件として、製作は東亜・尼崎の丸島工場で行い、仮組立は東亜・加古川製鉄所内の加古川加工品工場で行うと言う念の入れようであった。出来上がった総鋼重七八トンの橋体は六ブロックに分けて現場に搬入した。

現場では、予め施工済の河川敷道路のレールの上に、能力七〇トン吊のクレーン車を使用して橋体を組立てた。橋体は橋台上などに取り付けた滑車を介してワイヤロープを取り付け、クレーン車で牽引した。架設の最終段階で、橋体の反りが大きくなり所定の作業が出来なくなった。橋面と下側の温度差が大きくて熱膨張により上に反り上ったためであった。本社から立ち合いに来ていた佐伯課長の機転で、現場の者全員で川の水をバケツに汲み、橋面にふり掛けて上側の表面温度を下げ反りは収まった。工事も無事完了し、六月六日竣工引渡しとなった。

この頃であったと思うが、社内の技術系人間を集めて、間もなく定年を迎えると言う業務課の浅井課長（安全課長を兼任）による安全講習会があった。一にも二にも「安全」という厳しい話であった。最後に彼が発言し「今のお話通りに実行すると、現場工事は出来ない。工事はやるな、という事になる」と言った。浅井課長は目をきらりと光らせて、それは考え違いだ、と言って口を閉じた。工事を施工する上での安全であって、安全が目的ではない。彼自身、足場の無い現場、ヘルメットも無い、安全帯も無い時代から工事を行って来た。悲惨な事故も目撃している。日本鋼管の現場では、専任安全管理者・兼沢氏や、土建の安全管理者・白坂氏とは巧くやって来たし、その他の現場でも、定期的な安全会議に出席して、自ら現場作業員を前にして、安全の話も行って来た。決して安全を蔑《ないがし》ろにする者ではない。そういう現場工事を知らぬ者が何を言うか、と言うのが正直な彼の気持ちであった。

その後暫くして、浅井課長から「岩成君、話が有る」と言って別室に入った。課長は、薄ら笑いを浮かべて言った。「忠告するけれど、お前は、もう管理職になれない。別の就職先を見付けて、さっさと退職する事を勧める」と。恐らく、先日の安全講習会の時の彼の発言が、管理職会議で話題になり、今後の彼に対する処遇や評価をそのようにする事になったのかも知れない。彼の話が浅井課長を通じて、どのように伝えられたのか、彼が不在の会議のため全く判らない。普通、そういう事を直属上司を通さずに本人にそのまま直接伝えるか？　と大いに疑問を持った。彼は「そうですか」とだけ、一言返事して無視する事にした。

当時、彼の社員段階は八級社員であった。少し前まで技師一級と呼んでいた段階である。管理職直前の階級であった。仕事そのものが面白いので退職するつもりは無く、居続けたが、浅井課長の話の通り、管理職昇格の話はその後、気配すらも全く無くなった。

振り返ってみると東亜入社以来、彼は数々の提言・意見を書面にして上司に出し続けて来た。現実に課長と変わらぬ仕事、あるいは、課長がやらないので、課長相当の仕事を日々こなしていたので、組織のあり方や運営方法に強烈な不満を持っていた。それを文書で訴える事を繰り返していた。文書だけでなく、直接部長に、管理職会議でどのような話がなされているのか、一般社員には全く判らない。人事上の話は別にして、議事録を作成して、全社員に回覧すべき、と進言もした。また、直属上司が適正な働きをしていないと頭越しに部長に手紙を出した事もある。それらの提言・意見書にも何の具体的な返事は無かった。上司から見れば、彼は、余計な事に口出しする生意気な異端児という事で、上司が可愛いと思う部下、いや、可愛いと言われるような役を演じられなかった部下だったのかも知れない。安全の話も「はいはい、そうですか、判りました」と軽く受け流していれば何の問題にもならなかった筈である。

ここで、彼が思い出した事がある。それは、東亜入社直後の事、管理職の席に座っていた荒木さんとかいう人が、突然、彼を呼び止めて言った。「君の名前は、岩成一樹だったな。俺は姓名判断を趣味でやっている。君の名前は、非常に素晴らしい名前だ。人の上に立つ人だと出ている。うーむ、しかし残念ながら、組織に入って働く人ではない」と。普段、机上に一片の書類も置かず、何の仕事をしている人なのか判らないし、ただ定年を待っている人かなと彼が思っていた人から、そのように言われて驚いた。まさか、彼の生年月日時を知って居て、四柱推命で占った訳でもないと思いながら、心の片隅で覚えていた。今、振り返ると遠い昔の事ながら、大学進学の第一希望は建築科だった。それも、心中、「構造」ではなく「意匠」を志していた。志望通りであれば、おそらく組織とは余り関係のない職業に付けたかも知れない。やはり、彼自身が組織に馴染めない人間なのかと思い始めた時であったようだ。

一方では、本来の性質とは別に、大卒後、七年余り大和橋梁の工事部で、最初の年から現場代理人として、橋梁の架設現場の監督を数々務めて来た。橋梁の現場は、ゼネコンの現場のように複数の監督が現場に出るのと異なり、原則として一人で管理するものである。現場では、対客先、下請会社、他工事の業者、全て現場監督が一人で考え対応する必要がある。本社や上司の指示を仰ぐのは、非常にまれな特殊な事項についてのみである。彼は、そのような職場環境に慣らされてきた。

従って、東亜に移っても、上司からの指示待ちではなく、積極的、能動的に行動する癖は治らないため、上司から見れば、生意気で余計な事を考える奴と見られる傾向があったのかも知れないとも考えた。

その後も橋に限らず、種々雑多な工事に関係した。東京・南千住跨線橋、堺の高架道路橋の防音工事、神戸の天王谷吊橋、熊本県の張出歩道、山口県・協和発酵工場の糖蜜タンク耐震設計、神戸の六甲山牧場吊橋、同じく雲雀丘配水池工事、関門国道トンネル補修工事、福井県・大野砂利プラント、仙台の東北新幹線高架橋の耐震装置計画等々であった。

4 ソ連・欧州に出張

そのような時（昭和五十三年・一九七八年）彼は思いも掛けず海外出張を命じられた。彼自身が作成した稟議書で次のように述べている。

【件名】ＩＡＢＳＥ（International Association for Bridge and Structural Engineering）シンポジウム出席と橋梁構造物視察団　参加の件

【要旨】今秋モスクワで国際構造工学協会（ＩＡＢＳＥ）主催の「鋼構造に関する国際シンポジウ

ム」が開かれる。テーマは橋梁等の構造形発達の動向と鋼構造の近代的製作方法である。このシンポジウムに出席すると共にソ連、ハンガリー、西独各地の構造物を視察する技術調査団が、大阪大学の前田幸雄教授が中心になって立案された。なお、前田教授には当社は日頃、格別の技術指導を仰いでいるが、同教授より、この視察団へ東亜からの参加を強く要請されている。また、ハンガリーでは、同教授の下で学んだ Dr. G. Medved 氏（国立道路開発公社理事）の世話で、現地技術者との会合も予定されている。よって、標記視察団への当社からの参加を稟議致します。

として、参加者：岩成一樹、参加費用：一式七六万五〇〇〇円（現在換算：約一三八万円）とした。参加者は、他に東京大学・平井敦教授、大阪工業大学・赤尾親助教授、栗本鉄工所・村田応治課長、酒井鉄工所・竹内修二主査、新日本技研・高橋真太郎氏で、一行は計七名であった。平たく言えば三人の大学教授に企業人四名がカバン持ちでお伴する視察旅行であった。早速、出発に先立ち、東亜の西独・デュッセルドルフ事務所の所長宛てに、当方の部長からＦＡＸを打ち、旅程を知らせ、デュッセルドルフとイギリス・ロンドン滞在中の食事などのもてなしを予めお願いした。

旅程は九月三日出発、十八日帰国の十六日間で、コースは、Osaka ➡ Tokyo ➡ Moscow ➡ Leningrad ➡ Moscow ➡ Budapest ➡ Dusseldorf ➡ London ➡ Tokyo ➡ Osaka のソ連・ハンガリー・西独・イギリスの四ヵ国を巡る旅だった。余談ながら当時は大学教授といえども空の旅はエコノミーク

写真―③　モスクワ大学（1978）

ラスであった。ＩＡＢＳＥ国際会議はモスクワ大学（写真―③）で行われた。彼はそれを傍聴すると共に、会議の副議長であった前田先生を残して、残りはレニングラードに観光に行った。また、ハンガリーでは前田先生の教え子が同国の道路公団的な会社の副社長クラスになっておられて、同社の講堂で二〇〇人ほどの社員が聴く中、同行した四名はそれぞれの議題で講演した。彼は、東亜のＩＢグレードについて製作・施工状況をスライドで説明した。西独ではボッフム大学に行きRoik教授に会い、種々の実験状況の説明を受けた。帰国後「ソ連・ハンガリー・西ドイツの橋梁事情」と言う題名で七名共著の記事を専門雑誌『サスペンションエージ』に載せた。また、Roik教授から頂いた独文の資料を翻訳して、「ドイツの新しい鋼板の座屈安全率の計算指針」と言う題で、専門雑誌『橋梁と基礎』の記事にした。前田先生と企業の四名の参加者は、その後も同窓会的に会合を持ち、関係は長く続いた。ハンガリーや西独の先生も、その後、日本で再会する事もあり、しばらくは交信し合った。今もこの海外出張は貴重な経験であったと感じている。

写真―④　チェーン橋（ハンガリー・ブダペスト、1978）

5 その後の業務

海外出張から帰ってしばらくは、長期の出張は無く大阪支社を起点にして、各種案件の客先協議、現場調査、現場視察、近くの現場の現場監督応援業務などをこなしていた。㈱協和発酵・道路橋、札幌・茂岩橋ＩＢ床版、神戸新交通・貿易センター駅舎・引込線・南公園駅歩道橋、東亜藤沢工場・東亜橋、太陽神戸銀行・進入路橋、宇部興産・奥山橋・美弥道路ＩＢ床版、下関市・上井田大橋、建設省金沢・湯の国橋、それにこの頃から東亜で開発した鋼製堰堤（大型のジャングルジムのような物）が具体化し、建設省・山形の新庄で小六郎沢堰堤を受注、一週間ほど現場組立工事の監督を行った。これらの工事業務の合間に先頃行った海外出張の報告を、専門雑誌に発表する原稿の協議やドイツ語文献の翻訳の内容検討を、参加者の会社持ち回りで行っていた。昭和五十五年(一九八〇)四月一日、社員段階・主幹を拝命した。これは管理職ではなく八級社員の呼称を言い換えただけである。そして、所属部署は神戸本社に移転する事になった。大阪支社勤務は四年四ヵ月で終わった。しかもこの内二年程が北浜の松岡ビルと東亜大阪ビルであったが、残りの二年余は御堂筋本町の横浜銀行のビルであった。組織の名前と所在地は目まぐるしく変わるが、彼の場合、業務の内容は殆ど変わらなかった。今回も、神戸本社から大阪支社に変わった時は、鉄構エンジニアリング本部工事部が、同本部工事部(大阪駐在)になり、同本部建設部(大阪駐在)になり、エンジニアリング事業部長大橋梁部(大阪駐在)から同事業部長大橋梁部技術グループになって神戸本社に帰る事になった。そして、その後、僅か七ヵ月経った十二月一日付で、とうとう、長大橋梁部名が無くなり、第四エンジニアリング部になった。「橋」との縁はこれで終わったのか? と彼は思った。

6 給与と賞与

昭和五十年(一九七五)から昭和五十五年(一九八〇)にかけての六年間は組織の名前が目まぐるしく変わった時代であった。この間の収入集計表を表―⑧および表―⑨に示す。

収入集計表（表—⑧）

昭和50年（1975年）　㈱東亜製鋼所　単位：円　（36歳）

月　度	給　与	賞与等	計	再評価率	再評価額	備　考
1月	180,242		180,242	2.793	**503,416**	
2月	192,014		192,014	2.793	**536,295**	
3月	181,626		181,626	2.793	**507,281**	
4月	224,950		224,950	2.378	**534,931**	
5月	269,654		269,654	2.378	**641,237**	
6月	227,073	854,706	1,081,779	2.378	**2,572,470**	
7月	249,329		249,329	2.378	**592,904**	
8月	236,354		236,354	2.378	**562,050**	
9月	257,067		257,067	2.378	**611,305**	
10月	257,067		257,067	2.378	**611,305**	
11月	271,476		271,476	2.378	**645,570**	
12月	293,117	886,581	1,179,698	2.378	**2,805,322**	
年　計	2,839,969	1,741,287	4,581,256		**11,124,088**	

昭和51年（1976年）　㈱東亜製鋼所　単位：円　（37歳）

月　度	給　与	賞与等	計	再評価率	再評価額	備　考
1月	271,476		271,476	2.378	**645,570**	
2月	271,476		271,476	2.378	**645,570**	
3月	339,919		339,919	2.378	**808,327**	
4月	267,814		267,814	2.378	**636,862**	
5月	329,209		329,209	2.378	**782,859**	
6月	298,512	829,646	1,128,158	2.378	**2,682,760**	
7月	355,595		355,595	2.378	**845,605**	
8月	329,209		329,209	1.966	**647,225**	
9月	329,209		329,209	1.966	**647,225**	
10月	298,512		298,512	1.966	**586,875**	
11月	267,814		267,814	1.966	**526,522**	
12月	251,970	918,489	1,170,459	1.966	**2,301,122**	
年　計	3,610,715	1,748,135	5,358,850		**11,756,522**	

昭和52年（1977年）　㈱東亜製鋼所　単位：円　（38歳）

月　度	給　与	賞与等	計	再評価率	再評価額	備　考
1月	376,088		376,088	1.966	**739,389**	
2月	267,814		267,814	1.966	**526,522**	
3月	294,551		294,551	1.966	**579,087**	
4月	334,794		334,794	1.966	**658,205**	
5月	329,739		329,739	1.966	**648,267**	
6月	286,127	911,584	1,197,711	1.966	**2,354,700**	
7月	313,220		313,220	1.966	**615,791**	
8月	305,406		305,406	1.966	**600,428**	
9月	388,744		388,744	1.966	**764,271**	
10月	296,333		296,333	1.966	**582,591**	
11月	301,549		301,549	1.966	**592,845**	
12月	301,549	981,311	1,282,860	1.966	**2,522,103**	
年　計	3,795,914	1,892,895	5,688,809		**11,184,198**	

収入集計表（表—⑨）

昭和53年（1978年）　㈱東亜製鋼所　単位：円　（39歳）

月　度	給　与	賞与等	計	再評価率	再評価額	備　考
1月	297,033		297,033	1.966	583,967	
2月	301,549		301,549	1.966	592,845	
3月	403,596		403,596	1.966	793,470	
4月	307,383		307,383	1.807	555,441	
5月	305,012		305,012	1.807	551,157	
6月	305,012	862,235	1,167,247	1.807	2,109,215	
7月	314,970		314,970	1.807	569,151	
8月	307,383		307,383	1.807	555,441	
9月	427,077		427,077	1.807	771,728	
10月	321,614		321,614	1.807	581,156	
11月	321,614		321,614	1.807	581,156	
12月	298,157	882,495	1,180,652	1.807	2,133,438	
年　計	3,910,400	1,744,730	5,655,130		10,378,166	

昭和54年（1979年）　㈱東亜製鋼所　単位：円　（40歳）

月　度	給　与	賞与等	計	再評価率	再評価額	備　考
1月	336,245		336,245	1.807	607,595	
2月	321,614		321,614	1.807	581,156	
3月	327,715		327,715	1.807	592,181	
4月	407,291		407,291	1.713	697,689	
5月	334,069		334,069	1.713	572,260	
6月	331,554	1,021,472	1,353,026	1.713	2,317,734	
7月	331,554		331,554	1.713	567,952	
8月	331,554		331,554	1.713	567,952	
9月	375,998		375,998	1.713	644,085	
10月	414,839		414,839	1.713	710,619	
11月	334,069		334,069	1.713	572,260	
12月	329,038	1,021,472	1,350,510	1.713	2,313,424	
年　計	4,175,540	2,042,944	6,218,484		10,744,907	

昭和55年（1980年）　㈱東亜製鋼所　単位：円　（41歳）

月　度	給　与	賞与等	計	再評価率	再評価額	備　考
1月	342,506		342,506	1.713	586,713	
2月	321,490		321,490	1.713	550,712	
3月	358,331		358,331	1.713	613,821	
4月	411,570		411,570	1.713	705,019	
5月	340,893		340,893	1.713	583,950	
6月	353,880	1,184,659	1,538,539	1.713	2,635,517	
7月	366,891		366,891	1.713	628,484	
8月	353,880		353,880	1.713	606,196	
9月	391,369		391,369	1.713	670,415	
10月	353,880		353,880	1.542	545,683	
11月	354,230		354,230	1.542	546,223	
12月	354,230	1,184,659	1,538,889	1.542	2,372,967	
年　計	4,303,150	2,369,318	6,672,468		11,045,701	

対前年比で見ると、四十八年（七三）・三五・六％、四十九年（七四）・二八・三％、五十年（七五）・二三・五％、五十一年（七六）・一六・九％、五十二年（七七）・六・二％、五十三年（七八）・〇％、五十四年（七九）・一〇・〇％、五十五年（八〇）・七・三％となっている。確かに四十八年（七三）から五十年（七五）の三年間について急激に給与は増えたが、その後は息切れしているように見える。これを再評価後の金額で比較すると四十九年（七四）から五十年（七五）にかけて七・四％と増えたもののその後は減少気味の横這いとなっている。昇給分を考慮しても世間の物価水準に見合っていない給与実績だったが、年額は一一〇〇万円に届くようになった。

年金額は昭和四十八年（一九七三）から物価変動率が五％を超える場合、その変動率を基準として年金額を改定する物価スライド制が導入された。

第三節　海外業務の時代

1　赴任前の出張

昭和五十五年（一九八〇）十二月の中頃、彼はリビアの製鉄プロジェクトの担当に選ばれたと上司から伝えられた。最初は本当かと驚いたが、一通り話を聞き、これは面白いのではないかという予感を感じ、妻にも相談して、異動を受け入れた。リビアに行くのは同じ部署からは彼一人だけであった。部を挙げて、三宮の中華料理店「海皇《ハイファン》」で送別会を開いてくれた。主賓の席は部屋の角に設けた一段高い大きな特別席であった。部員一同、遥かな遠い国に赴任する彼に、やはり、好奇心を露わにしていた。

翌年一月一日付で、同じ神戸本社内のリビア建設部技術課に異動となった。

リビア・ミスラタ・プロジェクトは、リビア政府より発注され、日・欧の六ヵ国、八業者が分割受注した一貫製鉄所建設工事であった。総工事費は約一兆一五〇〇億円（現在換算・約一兆八〇〇〇億円）、工事最盛期の建設要員は一万二五〇〇名に達し、恰《あたか》も建設工事のオリンピックの感があった。この内、東亜が受注したのは、建設用造水設備、棒鋼線材圧延設備等の九つのプラントであった。工事範囲は、設計・製作・材料・輸送・施工・据付・コミッショニング、工事の保証をフルターンキーベースで成し遂げる事である。東亜の契約金額は、プラント全体で、一四四三億円（現在換算・約二二三〇億円）で、この内土建工事は三五八億円（現在換算・約五五三億円）の巨大プロジェクトであった。契約工期は約七年間であった。建設場所は、リビアの首都・トリポリの西方約一四〇キロの地中海沿岸にあるミスラタ市の郊外、地中海に面していた。

土建工事の担当として、出張して最初にやる事は、九ヵ所のプラント位置を現地でマークする測量及び土質調査の管理であった。それと、ミスラタ市内に仮の事務所・宿舎を先遣隊と一緒になって設定する事であった。

昭和五十六年（一九八一）一月二十七日、伊丹空港から成田経由で、翌早朝ロンドンに着いた。午後、ヒースロー空港からリビア・トリポリに飛び、夜到着した。初めてのリビアであった。契約のパートナーである三井物産の人に出迎えられ、連れて行かれたのが、何と船のホテル、トリポリはホテル不足のため、港にスペインの船GARNATA号を係留し、ホテルとして利用していた。船員は全てスペイン人であるが、受付にはリビアの役人が居て、機械的に部屋割りをしていた。彼の部屋は船の内側、窓の無い一人部屋、部屋の隅にシャワースペースがあり、あとはベッドだけの殺風景な部屋だった。船内は何処もかも、非常灯のような照明のみで暗かった。時間はもう夜の十一時過ぎ、荷物を置いて、やはり薄暗いラウンジに出て見ると、先に来ていた東亜の仲間が五～六人いて、初めて会う挨拶をし、協議した。これからの長い付き合いになる人達だった。ここは、アフリカのリビア！　余りの環境の変化に、彼は何だかボーっとしていたように思う。

トリポリの東亜の事務所は、三井物産の事務所の一隅を借りていた。

宿は、暫くすると市内の民家を借り上げ、トリポリハウスと呼んで皆で雑居していたが、それまでは、船のホテルか街中の空いているホテルを転々として宿泊していた。ミスラタでも、街外れの一軒家を借り上げる前は、街中の古いミスラタホテルに何日か滞在した。このホテルは第二次大戦の折には、「砂漠の狐」と呼ばれて有名な、ドイツのロンメル将軍も滞在したことのあるという古いホテルで、ミスラタの中心の広場に面してモスクの反対側に建っていた。しかしその時は古びたままで、ベッドは人型に窪み、シャワーは水しか出なかった。昼間、一階の調理室を覗くと、大きな大理石のテーブルの上に、牛の半身と思われる巨大な肉塊が載っており、真っ黒に見える程、蝿がたかっていてぞっとした覚えがある。毎朝、向いのモスクから、お祈りを始める時間には、人々を呼び込みアッラーを称えるアザーンの声が高らかに響き渡った。

ミスラタハウスと呼んでいた借り上げの一軒家は、部屋が五～六室ある大きな平屋建てであるが、当初はその一室を事務所にして、残りを食堂や二段ベッドを並べた寝室として、現地調達の家具や寝具を入れて利用していた。土質調査の下請は、梶谷調査測量会社であったが、リビア国内の他の場所から、当方の測量・調査のために移動して、この一軒家に同居した。食事の調理は、彼らが主になって、手慣れた様子で担当してくれていた。しかし、食事時には蝿の大群に悩まされた。隣家で羊やロバを飼っている関係か、食事中、蝿が開けた口に直接飛び込んでくる事が度々あった。我々が採った防衛手段は、日本製の蝿取り紙であった。天井から無数にぶら下げて置くと、一〜二日で表面にびっしりと蝿が付着した。床下からぞろぞろとサソリが出てきた事もある。或る時、風呂場の浴槽に、排水孔から這い出てきたのか、大きな黒サソリがいて驚いたことがあった。

その間、トリポリと現場のあるミスラタを何回も往復した。この間の交通手段は、車付きで雇入れていた現地人に送って貰っていたが、都合が付かない場合は、一人でトリポリの中心にある緑の広場から、乗り合いタクシーに乗ってミスラタまで移動していた。乗り合いタクシーは十名程の座席が有るが、普通、満員にならないと発車しなかった。一四〇㌔ほど離れたミスラタまで二時間弱で到着する程速かった。夜の国道を前の車と車間距離僅か三㍍程で疾走する。アラブ独特の音楽を大音響で鳴らし、同乗者は足を踏み鳴らして調子をとり、唄いながら走るので、騒がしい事この上なしであった。それぞれが希望する場所で下してくれるが、その地点を運転手に片言のアラビア語で伝えるのが大変で、夜は路面の照明が暗く、国道からミスラタハウスに入る場所を間違えたら、あとは歩いて帰らねばならない。何とか見きわめてその地点を運転手に伝えると、親切にハウスの門前まで他の客を乗せたまま送ってくれた。ようやくハウスに着いた時、彼は本当にホッとした。リビアでは何故か獰猛《どうもう》な野犬が多く、匂いが違うのか岩成等日本人には牙を剥いて飛びかかって来る。車に乗っていても、窓ガラスに何回も飛びかかって来た事がある。徒歩で街中を歩く時でも、安全のため、必ず棒切れ等を手にして振り回しながら歩く必要があった。

東西四㌔余り、南北二㌔余りの広い建設現場の中で、東亜の工区九地点での土質試験の結果をまとめた。彼はボーリング作業が終わった二月二十五日、ミスラタを離れて、トリポリの船の宿で一泊、マルセイユを経由してパリで一泊、二十八日に帰国した。

昭和五十六年（一九八一）三月七日、外注の東京本社で土質資料の試験に立会い、結果を協議した。同月十七・十八日には韓国・蔚山に行き、現場用の仮設ハウスメーカーを訪ねて調査検討した。また同月二十日には現場の杭として大同コンクリートの杭を使用する事に内定した。

同年三月三十日、再びリビアに出張、ロンドン・ヒースロー空港着、ヘリコプターでガトウイック空港まで飛び、トリポリへ、船ホテルの TRETERA 号泊り。その後、ミスラタ・トリポリ間を行き来しながら、国土総合建設と海上工事に打合せや、土質調査会社との現地試験の協議と精算業務を行い、五月六日ロンドン経由で帰国した。

因みに、トリポリの船ホテルの室料は、一泊約一万一三〇〇円（一四リビアンディナール）であった。当時のUSドルのレートは、一ドル＝二三九円(1USドル＝〇・三リビアンディナール)であったから、現在に換算すると六〇〇〇円程度となり、それほど高くないとも言える。

このプロジェクトの客先・EBISCO（The Executive Board of Iron and Steel Complex）と東亜等請負業者の間に、客側としてコンサルタント・ダスツール（Dastur Engineering International Gmbh）が介在した。この本社がインドのカルカッタ（当時）にあり、ここで当初、設計図面・設計図書の客先承認の取得作業が行われた。いくら設計図を造っても「Approved 承認済」という赤いハンコが付かれた図面でなくては、現場で施工にかかれない。設備担当部署での機器の配置図の作成が遅れる中、それを荷重図に置き直して、先ず決めなければならないのは杭の配置図であった。全ての工事に先んじて施工されるのは杭工事である。

そのため、当初段階の冒頭の一ヵ月間、現場工事の担当としてカルカッタに出向いた。

土建設計は四社に見積り引き合いを出し、その中から大建設計を選んだ。当然、大建設計からもカルカッタへ人員を派遣し承認作業を急いだ。客先との契約は、英国規格（ＢＳ・ＣＰ British Standard Code of Practice）に則っているため、日本規格（ＪＩＳ）にしかない仕様については、コンサルタントは頑としてその規格や仕様を受け付けなかった。例えば、コンクリート杭の高温・高圧養生法等、その技術の正当性を証明するのに時間と手間がかかった。また、機械の載る床の積載荷重について、日本の建築基準法でその値は、床スラブ用、ラーメン用及び地震用でそれぞれ異なっている。すなわち、後者になるに従い、荷重が小さくなる。ところが英国規格ではこの低減規定がない。コンサルタントにこの理に適った設計法を提案したが、受け入れられなかった。結果として、見積り時に考えていたような経済設計は出来ずに、過大な設計になった場所もあった。これは、当然、杭の必要本数にも影響した。

後の現場工事中にも、ＢＳ・ＣＰ British Standard Code of Practice の問題は常に生じていた。逆にＢＳ通りを守っていれば、検査・承認はあっけない程簡単に済ませる事も出来た。これらの事は、対コンサルタントだけでなく、下請業者・三星建設との間でも生じた。時には規格ＣＰの文章の単語にまで遡り、その解釈の仕方まで論争の種になる事もあった。

彼は、杭打ち工事の最初の段階の承認図面を持って、現場入りを急ぐことにした。

その期間、滞在した宿は、カルカッタの中心街、ヴィクトリア公園に面したHOTEL OBEROI GRANDであった。所在地は15 Jawaharlal Nehru Road Calcutta Indiaである。東亜の出張者は全員一人一室で泊まっていたが、室料は、一泊五八二ルピーであった。これは当時の対ドルレートで換算すると約一万六〇〇〇円となり、現地の新聞にあった平均的な給与所得者の一月分に相当する高級ホテルである事が判った。

このホテルは、欧米の航空会社の乗務員も利用しているようで、二~三日滞在して次の乗務に付いているようであった。建物の周囲に庭は無いが、四角い建物の真中には広い中庭があって、スイミングプールも常時使用できた。彼の部屋の窓からは通りを隔てて巨大な市場があり、入り口には、大きな買物籠をぶら下げて、買物に同伴を希望する客を待つ男達がたむろしていた。

東亜の出張者は、毎朝、タクシーでコンサルタントの本社に行き、昼食に二時間程度の休憩を挟むほか、一日中設計協議に明け暮れ、夕方ホテルに戻った。しかし、夕食後も会議室として借りている別室に集まり、その日のまとめと翌日の協議の作戦や、日本との資料のやりとりに追われて、ゆっくりした時間は殆ど無かった。ダスツールと協議した結果は、その場で文章にして確認し、直ちに会社の門前に何人もいる露店のタイプ屋（小さな机と椅子を路端《みちばた》に置き、自前の手動タイプライターで原稿を文書に仕上げる職人）に原稿を渡して、正式の議事録にし、その場でサインをし合って成果とした。行き帰りの路上は、いつも、もの凄い人と車で溢れて、僅かの距離に時間を掛けて通った。蒸し暑いので車の窓を開けていると、物売りがその隙間から品物を投げ込んで代金を要求してくるので、油断できない。頼んでもいないのに、窓を拭き（拭く真似をして）代金を求める輩《やから》もいる。もちろん、何もしないで金を要求する物乞いも多くいた。狙いを付けられると纏《まと》わり付いて「ギブミーワンルピー」を連呼して離れない。堪らず二ルピー札を与えた小さな女の子は、お札《さつ》を手に茫然と佇んでいた。彼等にすれば四〇〜五〇円の価値の二ルピーが有れば、一家が二日間は食べていける価値があったようで、茫然も頷ける。脚が悪い者もいて、車の付いた板の上に座り、両手で漕ぎながら、蜘蛛のように素早く追いかけて来る。汚い手で脚に抱き付き、金を要求する。甘い顔や困ったような顔は禁物で、きつく怒らない限り、何回も襲われると地元通は言う。そんな中で感心したのは、毎朝、ホテルの出口で彼を待っている男の子である。十歳ぐらいの彼は、お金を要求するのではなく、岩成が使用している使い捨てのガスライターを見せろと言う。液体ガスの残量を見たいのだ。空になったら捨てると言ったので、空になったらくれと言い、やると約束していた。空になったガスライターに、新たに液体ガスを詰めて売るのだと言っていた。それから直ぐ、まだ空になっていないライターを彼にやったのは言うまでもない。

ホテルの前のネール大通りは、地下鉄工事の真最中であった。路面に開いた穴から、まるで蟻の行列の如く、大勢の作業員が、頭に乗せた竹製の皿のような器に掘削した土を盛って、せっせと運び出しているのである。この大通りの夜、街灯が少なく暗いので、目を凝らして歩かないと危ない。歩道上の至る所で牛が寝そべっている。またそれに寄りかかって路上生活者が寝ているからだ。

この大通りの向こう側はヴィクトリア公園、昼間、寸暇を見て散策した。中にヴィクトリア英女王の記念館もあり、その前庭ではコブラの笛踊りもやっていた。また、カルカッタ動物園には珍獣・ホワイトタイガーがいると聞いて出かけて見もした。

パートナーの三井物産のカルカッタ支店長宅に皆が呼ばれて食事を共にした事もある。そのお宅の大きさと男女の給仕ら使用人の多さに驚いた。その支店長に連れられて、彼等はロイヤル・カルカッタ・ゴルフ・クラブでゴルフもした。道具一式を借りて、半ズボン姿で回ったが、蒸し暑さは想像以上で、閉口した。日本と違う所は、砂の入ったバンカーが無く、ポンドと言う文字通りの池がコースに点在している事であった。どの池にもポンドボーイが待機していて、ボールが入ると泥水の中に潜って、ボールを拾い上げて待っている。プレイヤーがくれと言うとボールを投げて寄越し、チップを投げて与える。プレイヤーが要らないと合図すると、ボーイはそのボールを自分の物として売るらしい。

彼はHowrah Bridge（ハウラー橋、写真―⑤）も見に行った。市内を流れる、ガンジス川の分流であるフーグリー川に架かる鋼トラス橋で、中央径間長・四五七メートル、一九四三年に完成した。この形式では世界有数の長大橋である。タクシーで行き、東側橋台近くで見上げた主構は、高さが八五メートル、巨大な鉄の塊りに圧倒された。幅員《ふくいん》も、歩車道合わせて三〇メートル以上あり、橋の上は、行き交う夥しい人と車で埋まっていた。対岸の街は、フーグリーであるが両方合わせて、大カルカッタと言われている。橋梁を仕事としてきた人間にとって、この名橋を、ただ、ボーとして眺めただけであ

写真―⑤　ハウラー橋（インド・カルカッタ〈当時〉、1981）

るが、思わぬ収穫であった。帰りは、ホテルまで案外近いと判ったので、ぶらぶらと街中を見ながら歩いて帰った。

この時の出張は、六月十九日に出発し、七月十六日に帰国した。行き帰りの経由地タイ・バンコクで一泊したため、カルカッタ滞在は、正味二十五日間の短い期間であったが、彼にとって初めてのインド、カルチャーショックも受けて、なかなか中身の濃い海外出張であった。コンサルタントのダスツールとの協議で、独特のアクセントが有るインド人の英語にもなじむ事が出来、リビア現地でのコンサルとの折衝の前哨戦として、役に立ったようだ。

これで事前の準備が完了し、いよいよ、昭和五十六年（一九八一）七月二十七日、伊丹空港発でリビア赴任に赴いた。

2 海外赴任時代（その一）

ロンドン経由でリビアに赴任して一ヵ月半経過した頃、彼は妻に宛てて出した手紙で現地の衣食住等の事情を以下のように詳しく述べている。

【衣】上は半袖シャツにネクタイなし、下は半ズボンか、デニムのズボンという軽装。洗濯は週に一度まとめてやるが、乾季のため二時間ぐらいでカラカラ。

【食】朝は、ミスラタ東亜ハウスで、ゆで卵、パン、ミルク、ジャムまたはバターという軽食で、自炊で済ませる。昼と夜は、約二〇キロ離れた所にある現場・キャンプの食堂で、二人の日本人コックと一人のガーナ人（黒人）のお手伝いが作る日本食。量も多く、メニューも多彩で飽きる事なし。西瓜、瓜、葡萄、バナナ、りんご等の果物も豊富。

【住】二月と四月の出張時に来ていたミスラタ東亜ハウスにいる。当時、東亜社員を中心に八〜九人が三部屋に分かれて住んでいる。テレビもあり、シャワーも何時でも入れ、掃除人（パキスタン人）が毎日来て綺麗にしている。他、庭にある使用人小屋には二人のスーダン人が住んでおり、昼間は事務所で働いている。

【仕事】仕事は、ミスラタハウスの一室にある事務所で約一日の半分を過し、あとは、現場の見回りと下請業者（韓国・三星建設）と客先との打合せの毎日。当時、日本人は下請を含めて六十名ほどいる。他に運転手等で十名ほどのリビア、スーダン、ガーナ、ユーゴ、チェコ、パキスタンの各国人を雇っている。

私は土建グループとしてタクシーを一台雇っており、これであちこち移動します。土建の上司も先ほど、インド・カルカッタから直接リビアに来て、土建グループ長として仕事開始した。

事務所は、今月末か来月初めには現場の中に仮事務所が出来るので、そこに移るが、宿舎は十一月初めまでそこになる。十一月初めには、キャンプ地に本宿舎が出来る。

【その他】新聞は、日経・朝日・産経・スポーツニッポンが約十日遅れで届き、雑誌も週刊誌が届く。先日、地中海でリビア機がアメリカ軍に撃墜された事が日本の新聞で大きな記事になっていたのには驚いた。当地には何の影響もないので安心せよ。

公式な席は全て英語。英会話だけでなく、英文手紙のやりとりも多く、タイプ打ちも仕事の内。ただ、韓国の業者は、片言の日本語を話すので気が楽。時々こちらの意味と違う解釈をするのには困る。

当地での給料はまだ手にしていない。金を使うのはタバコを買う事と散髪に行った時。来年三月か四月には休暇で帰る。

土建グループとして借り上げていたタクシー、リビア人の六十歳ぐらいの運転手・アリさんは元中学の教員だったとか、彼の事を「ミスター・イワナリ」と呼びかけながら、拙い英語で話しかけてくる。彼が明日は休みで来なくて良いという日以外は、毎朝、ミスラタハウスに来て、用命を待っていた。たまたま用事の無かったある日の半日、彼が「サハラ砂漠が見たい」と言い、連れて行ってくれた。ミスラタ市の南郊外はもう砂漠である。砂で道路の半分が埋まっている箇所を何ヵ所も通り砂漠に出た。前後に誰一人見えない砂漠の中で、道路脇に座っていた人が、彼等を呼び止め、お茶を御馳走してくれた。高い所から小さな器に泡を立てながら注ぐ「チャイ」と呼ぶ甘ったるいお茶である。どんな水で淹れたのか判らぬまま頂戴した。其処に行く途中、道路の中央分離帯にウサギ程の動物が立ち上がって前脚を挙げて手を振って居るような仕草をしていた。あれは何だ。と問い掛けるとアリさんは「砂漠ネズミだよ」と答えた。全く初めて見る不思議な動物であった。また、ミスラタ市東方郊外にある「カダフィの泉」にも連れて行ってくれた。砂漠の中のオアシスである。周辺はナツメヤシの林が茂り、肌の色が漆黒に近い黒人のベルベル人の集落があった。泉は円形で直径五〇㍍程の大きさである。泉の中央部は、僅かに波立っていて水が噴き出しているようだ。アリさんによるとキリマンジャロ山の雪解け水が地下を通って噴き出しているとの事。まさかとは思ったが、地中海の海岸近くで透き通った真水が噴き出しているのは不思議な光景であった。目の覚めるような鮮やかな色彩の衣装を纏った女たちが行き過ぎたが、この方にアリさんがいたので特に警戒するでもなく平静な様子であった。

ある時、彼は牛肉を買うため肉屋に行った。肉屋は店頭の軒先に、只今牛肉を売っていますと言う表示のため、牛の頭をぶら下げているので判る。中に入ると、大きな調理台に牛の半身と思われる肉の塊が乗っている。希望する部位と量（キロ単位）を告げると切り取ってくれる。値段は、部位に関係なく一キロ＝一LD（リビアンディナール・約八〇〇円）程度であった。受け取った肉は湯気が出る程温かくて驚いた。聞いてみると、たった今、家の裏で屠殺したばかりであると言った。ふとカウンター越しに床面を見ると大きなラクダの頭部が無造作に置いてあった。ラクダの肉は売り切れたとの事で、値段は牛肉と同じだった。

車から見てみるとよく分かるが、リビア人は自分の家の外は、ごみや石ころは勿論、何があっても知らぬふりをするようである。前の道路上で犬や羊が車に轢かれて、死骸があっても、何日経とうがそのまま放置されている。日が経つに連れて、車に繰返し轢かれて乾燥し板切れのようになっても放置されたままである。道外れの空き地では、ロバや牛の死骸も、其処に捨てたのか、そのまま放置されていた。日が経てば腐敗して体内にガスが溜り、風船のように膨れてくるがそのままであった。日本では見られない異様な光景である。

リビアの人口は当時、約二九〇万人と言われていた。その内外国人が三五万人、それ以外に、正確な人数は不明ながら、プラント建設や石油掘削などの操業に外国人労働者（東亜の人間も含めて）が働いていると言われていた。リビア人の嫌がる道路掃除などの肉体労働は全て外国人の役目である。

さて、土建の現場工事の方は、八月四日に客先から着工許可を得て始まり出した。リビアに工事用の船を所有していた国土総合建設に海水の取水設備工事を外注し、彼が入現する前から準備作業を行っていたが、八月十日より所定位置で海底の掘削工事を開始した。総数一万五五〇〇本以上のＰＣ杭を打設する杭打ち工事は、九月三日に開始した。

着工して三ヵ月が過ぎ、施工工程に設計図が間に合わない工事が各設備で出て来た。三星建設からも矢の催促が来て、カルカッタで行われている設計図書の承認作業を急ぐように本社に督促していた。結局、承認済の図書を航空便や次の赴任者に託していては間に合わないと判断し、カルカッタで設計協議をしている土建グループの鳥飼君に、承認済の図書を直接イギリスのロンドンに持参させ、彼がリビアからロンドンに出向いて、それらを引き取って来る事になった。

十一月六日ロンドンに出張した。翌日は土曜日で東亜のロンドン支店は休業、三星建設のロンドン支店に出向き工事の協議・打合せを行った。十一月九日の月曜日ようやくカルカッタから来た鳥飼君と東亜ロンドン支店で落合い、承認済の図面と図書一式を受領し、設計上の打合せを行い、設計書類はリビアに持ち帰った。

この時、泊まったホテルは、前回も泊まったPARK LANE HOTELであるが、チェックインの際、名前を告げただけで、前回の宿泊を覚えていて、宿帳に何も書かずに鍵を渡してくれた。ホテルはハイドパークとグリーンパークに挟まれた位置に有り、バッキンガム宮殿も直ぐ傍にある。大きくはないが、女性の作業員が階段を、手に持った雑巾で一段ずつ丁寧に拭いている事でも判る小綺麗なホテルである。しかし、場所柄が良いのか宿泊費は、一泊朝食付きで、当時約二万四千円であった。

総合管理の東亜の陣容は、一人で先行赴任した彼に次いで、九月五日には久保山課長がカルカッタから直接リビア入りして着任、翌年一月十七日には高杉君が同じくカルカッタから直接着任、四月十日には鳥飼君が着任して四名の土建技術者が揃った。現場での施工管理を大成建設に外注したが、七月から翌年一月にかけて次々に着任し、当面の要員六名が揃った。また、現地で設計を担当する大建設計の要員は、十月入現の先発者から翌年四月までに四名が勢ぞろいした。杭工事の外注業者・大同コンクリートからは、八月着任を先頭に四名体制が整い本格的な杭工事に備えた。更に、翌年二月にはイギリスの人材派遣会社から、英国の規格に詳しい Mr. Roy Page（ミスター・ペイジ）を技術的な助言者として雇い入れ、事務所に定席を設けた。

その上、日常的に行われる客先の検査や品質管理の補助員として十月十八日付けでバングラデシュ人の土建技術者・ミスター・カリムを雇い入れた。彼はダッカ大学で土木を専攻した優秀な人材で、以後、重宝されて土建工事が終わった後も継続して設備工事の要員として働き、計六十四ヵ月間（五年四ヵ月間）この現場に常駐した。これら十九名が昭和五十七年（一九八二）半ば頃までの土建グループの陣容である。

一方、土建工事を下請けさせた韓国の三星建設は、所長・副所長以下スタッフ十名程と労務者がぞくぞくと増えて、昭和五十七年（一九八二）半ばには六〇〇名に達した。これでも、全体工程の遅れから、契約の要員数より少なく、東亜から増員を要求し続けた。

客先のコンサルタント・ダスツールとは、図面・図書の承認取得作業を昭和五十七年（一九八二）三月まで、カルカッタ（インド）で行っていたが、以後はリビア・ミスラタの現場事務所が折衝の舞台になった。設計と施工の担当者を各設備に貼付け、東亜の協議相手になった。その上にいるリビア政府の担当者に対しては、専門の技術者ではなかったが、ダスツールとの折衝の根回しや確認などで、出来るだけ顔を合わせてご機嫌を取っていた。

一方正規の宿舎は、昭和五十六年（一九八一）十二月には、待望のハウスが完成し、全員キャンプ地住まいに替わった。また、年末には現場サイトに現場事務所も完成した。

東亜の関係者全員が入居したキャンプは個室で、ダイワハウス製のプレハブであるが、全部で十棟（二〇〇人収容）造り、二棟毎に向かい合わせに建設し、間にトイレ・洗面所・洗濯場と風呂場のある別棟を設置した。キャンプ内には他に、調理室付きの食堂棟、娯楽室棟、家族棟九棟、ゲストハウス棟を設けた。九棟の家族棟の内一棟は、所長用、一棟は診察室を兼ねて日本人の医師用、一棟はミスター・ペイジ用、他の二棟は、家族を連れて赴任した者が使用していた。その他の一軒家は、本社から時折現場視察に訪れる重役さん用に使用した。ゲストハウスは、客先や下請の所長などを招いて食事会を催す時などに利用していた。時には日本人グループも座談会や宴会に使用していた。

個室の広さは約五畳で、ベッド・寝具・冷蔵庫・エアコンなどの備品付きである。水は、東亜が受注した建設用造水設備で海水から造られた真水にミネラルを配合した美味しい水であった。

食堂の調理人は、㈱日本食堂から派遣された三人の日本人調理士に、バングラデシュ人の補助員が付いていた。食材は、調味料を除いて、原則現地調達で、米もカリフォルニア米が手に入り、野菜は近くで農業をしている朝鮮人より仕入れていた。蛸《たこ》も時々お目に掛かった。ある時は、荷台から尾鰭がはみ出す大きなマグロ一尾を、小型トラックで運び込み、数日間、刺身や照焼などで堪能した事もある。金曜日はカレーライスと決まっていた。それでも、帰国者が土産にイカの塩辛や海苔の佃煮の瓶詰めを持って帰り、食堂で披露すると、皆がワッと集まり、アッと言う間に無くなった。

割り当てられた東亜のキャンプ用地はざっと二万坪以上の広さがあり、それを東亜等日本人用、設備の下請バングラデシュ人用、土建の下請の三星建設等韓国人用の三つに分けて使用した。日本人用のキャンプ地内には他に三星建設が造成してくれたテニスコート三面、グリーンは砂で固めたゴルフのショートコース九ホールなどがあったが、緑の樹は少なく、日影は無かった。その少ない樹に、カメレオンが住みついていたのは、ご愛敬である。

休日は、毎週金曜日とリビアの休祭日で、よほど特別な理由がないと、休日の作業は客先から許可が出なかった。その休日には午後二時ごろから風呂に入れた。時には広い湯船に一人の時もあり、のんびりできた。

キャンプの所在地は、現場サイトの東方、約四㌔の地点で、東亜以外の各国の元請業者のキャンプも広い道路を隔てて向い合って設置されていた。

現場の朝は早い。朝食は六時から七時半、七時四十五分にキャンプからサイト行きのバス発車、現場事務所前ではラジオ体操とミーティング、昼食は現場よりのバスでキャンプまで往復し、定時の終業は十八時となっていた。日の出直後の朝日を浴びて、長い影の下で体操をした思い出がある。このラジオ体操、朝礼台の上で模範体操を行うのは、何時の頃からか彼の役目になっていた。キャンプとサイト間の道路の昼時の混雑は凄いもので、四キロの間に車やバスが数珠《じゅず》繋ぎ状態になり、なかなか十分程度で走れない。少し後の事になるが、工事の最盛期には三星建設の労務者数は一八〇〇人以上になり、バス二〇台を朝・昼二回・夕の計四回に二回ずつ運行していた。

昼休みは二時間、この内、往復の通勤時間と食事時間を除くと自分の部屋で過すのは一時間足らず、特に暑い日、エアコンをかけて横になると、引込まれるように眠ってしまう。

三十〜四十分間の昼寝、目覚まし時計を掛けてないと絶対に起きられない。誰もが言っていたが、身体が痺れるようになる。体力回復のための貴重な休憩時間であった。

そんな中、昭和五十七年（一九八二）九月七日、カダフィ元首がこのミスラタ製鉄所建設工事現場に姿を現した。丁度その時、彼・岩成等一同は会議中で席を外せず事務所にいたが、現場に出ていた連中の話によると、半ズボンに緑色のワイシャツ、頭にはやはり緑色のコマンドベレーを被り、六〜七人の銃を肩から掛けバイクに乗った女兵士の護衛隊に守られて、東亜の杭打工事や地下水槽工事の現場内を長靴を光らせて見て回ったとの事。世界の名物男・カダフィの当時の健在振りが判る。また、リビアという国が如何にこの工事の完成を期待しているかも窺われた。

この年、昭和五十七年の彼の年間給与は、一二二六万円（現在換算・約一八二〇万円）となり、その後、今日までの給与実績の中で最高額となった。給与の内訳は、まず大きく三本に分けられる。日本で支払われる通常の給与（基本給・業務給・超勤手当・賞与等）と現地で支払われる出向手当（USドル払い）と現地給与（リビアンディナール払い）である。出向手当と現地給与額はリビア政府に届出され、所得税などをそこから支払う事になる。また、現場事務所に預託し集計された現地給与のUSドルとリビアンディナールは、休暇で帰国する時に、まとめて日本円に換算し、日本国内で会社から本人に直接支払われるようになっていた。ざっと見て、海外赴任の場合は、国内給与の約一・八倍と言われていたが、彼の場合丁度それぐらいになった。韓国の場合は、訊いてみると、労務者は二倍以上、二・二倍ぐらいか？　との由。韓国人が中東やアフリカへ大挙して出稼ぎに出るはずだと感じた。

確かに収入は多くなるが、良い面ばかりではない。彼のように三年以上も海外に赴任した場合、その期間、国内で支払われる給与の額から計算される標準報酬月額は当然低くなる。その低い値で年金額が算出・決定される。具体的な数値は判らないが、国内勤務だけを続けた人に比べて、年金の支給額が、無視できない程少なくなる事は自明の理である。

彼がリビアに再赴任した翌々日、久保山課長が休暇に入った。留守中の土建工事関連事項で課長の処理事項は彼が代行する事になる。間もなく、カルカッタの業務を終えて鳥飼君がリビアに赴任してきた。

現場の方は、杭のテストが終わった所から杭打ち工事が本格的になり、平行して、地下の基礎工事も始まった。中央水処理設備では、直径五〇㍍、地下一四㍍の巨大な冷却水用の水槽をコンクリートで造る事になっていたが、その掘削、基礎コンクリート打ち等大規模工事も最盛期に入った。

彼は丁度この時、急な用事でロンドンとイタリアのミラノに出張する事になり、ローマの宿でイタリア旅行の人々と合流する事になった。急な用事とは、三星建設がイギリスで調達している各設備内の木製扉の製作工程の確認と督促、検査、および、イタリアのミラノのメーカーで調達する各種タイルの見本を入手し、打合せを行う事であった。イギリスとイタリアには三星建設の金氏が同行してくれ、三星・ロンドン支店での打合せにも参加した。タイルの見本は、実物を持ち帰り、客先とコンサルに提示して、採用品を選んで貰う為であった。

七月十八日には、ミラノから金氏と共に列車でベニス観光に行った。列車はパリ発のベニス行き国際特急列車であった。その後、一人でローマに行き、所定のホテルで、リビアからの社員旅行の一行と落合い、ローマ市内、ナポリ市内、ポンペイの遺跡などの観光をする事が出来た。リビアの現場では、その頃、最高気温四五度を記録した。

昭和五十七年（一九八二）後半、現場では杭打ち工事が最盛期に入り、基礎工事も本格的になっていった。九月二十日、棒鋼線材圧延設備の工場建屋の鉄骨建方工事が始まった。その工場建屋は幅九〇㍍、長さ六三〇㍍にも及ぶ大きな建物である。鉄骨の構造について、同じ現場内の他国の契約業者と異なる事が、東亜内部でも問題になり、詳しく観察して、帰国後「鉄骨構造比較検討書」を作成し、社内に供覧した。

昭和五十七年（一九八二）の秋、来年初頭の人事異動に関わる話が検討されるころ、曽我所長より彼に来年秋の二年間の赴任満了後も現場に滞在して引続いて土建工事を管理してくれないかと問いかけられた。条件として明言は避けながら、久保山課長の後任としてとの事。彼は思った。リビア担当の話が出た時、自ら率先して赴任命令に従い過去一年間、管理職的に業務をこなして来たが、そろそろ、あと更に一年かと指折り数える気持ちが出てきた事。妻は何も言わないが、母が休暇帰国時、何時まで遠い異国で仕事を続けるのか、父も母も高齢、死に目に会えないかも知れない、と彼を詰《なじ》った。さらに、友人には手紙で任期満了になって帰国したら、東亜を退職して他の仕事に就くとの決意を吐露していた。また、三山副本部長や曽我所長からは、彼の現地での勤務ぶりに好感を持ってくれているとの感触は持っていたものの、来年初頭の人事でいきなり課長職を命じられるほど、彼に対する会社の烙印の程度は軽くないと思ってもいた。これらの思いが交錯して、所長の申し出を明確に受け入れる意思は示さず、曖昧な返事しか出来なかった。

その年の末、下請・三星建設の作業員数は一〇〇〇名を超えた。

昭和五十八年（一九八三）一月一日付で彼は「参事補　岩成一樹」として「エンジニアリング事業部第一建設本部リビア建設部ミスラタ建設事務所土建課参事補を命ずる」という辞令を受け取った。管理職に昇格したのである。もう、遥か以前、浅井課長が彼に向って直接「お前は、もう管理職には成れない」と断定したのにどうなったのであろう。少なくともこの二年間、以前の部署からリビアの部署に替わって、ガラリと変わった仕事に従事してきた。その職務での成果や態度が、管理職昇格に値すると認められたのか。

参事補とは何か、よく判らない。この年ぐらいから全社的に参事補になる者が増えた。年功序列的にある年齢に達した者を、誰でも課長職に付ける時代は過ぎたので、課長代理的な管理職、部下のいない専門職の管理職、課長の補助的な役目を行う管理職として生まれた新しい職階のように思えた。

一年後の自己申告書（課長用）の自由意見欄で彼は以下のように述べている。

〈昨年一月一日〝参事補〟を拝命したが、海外の現場に赴任中のため新任管理職研修を受けていない。また、今年の研修にも参加するよう指示は無かった。従って、役職名の無い資格名だけの〝参事補〟とは、組織上どのように位置付けされ、管理職としてどのような職務遂行を期待されているのか具体的にはよく判らない。〝担当課長〟は専門職で、スタッフ的な立場で〝課長〟の補佐をする事もあると聞く。〝参事補〟とは何なのか？　有る時は〝一般職〟有る時は〝課長〟と言うのが実体のようにも見受けられる。職階の意味を明確にして任務を果したい〉

しかし、面接時に、上司から何も反応は無かった。

その上、この参事補制度には問題があった。参事補は、管理職であるから超過勤務手当は出ない。その結果、その下の主幹クラスの人と収入が逆転する傾向が顕著になって来たため、参事補救済策が必要になった。彼の場合、細かい比較は避けて、ざっと見てみると、前年度の収入より、参事補になった翌年の収入の方が、三ヵ月海外赴任期間が少なくなった分を考慮しても、明らかに減少している。

三星建設に対して、建設用造水設備、建設用酸素設備、LPガス設備については、昭和五十七年（一九八二）十一月末に一応の工事完了を認めていたが、それ以外の主要六設備は昭和五十八年（一九八三）初頭から、あらゆる工種が並行して施工され、工事が本格化した。この時、東亜土建グループの組織表を改めて客先に提出した。その陣容は、グループトップに久保山課長を置き、その下にEngineering Group と Construction Group を置き、それぞれに Manager 岩成及び Manager 水上を配した東亜社員名と外注の施工管理員二十九名からなる、合計三十五名の大部隊になった。三星建設の作業員数も年末には、一七〇〇名を超え、翌年五月のピーク時の一八〇〇名に迫った。

八月六日、久保山課長や彼の赴任期間満了が迫る中、本社土建グループから松山課長が赴任してきた。

その頃、ミスラタに近い内陸の地点・セダダに石灰石プラントを造る話が出て、チェコのSTROJEXPORT 社と打合せ協議する必要が出てきた。協議打合せを行う本部隊は本社から出て来るが、リビアの事情を知る者として、彼がチェコに出張する事になった。

八月二十二日、スイスのチューリッヒで一泊し、チェコのプラハに行き、日本からの部隊と落合った。プラハでは、半年前に完成した二十五階建てのホテル・PANORAMA に二連泊したが、二百年振りの暑さにも拘らず冷房設備が無く、窓を開けて寝る始末であった。

STROJEXPORT社は、チェコの公団とも言うべき建設会社で、プラハの目抜き通り・バーツラフ通りに面して本社があり、そこで打合せた。毎日、市内観光、観劇、食事などで歓迎してくれたが、何故か私服の警察官と思しき男性が三人ほど、絶えず周辺にいて、監視されている感があった。当時は、まだまだ社会主義国のチェコスロバキアであった。

その後、ロンドンで別の用件が有り、二十五日、オランダ・アムステルダム経由でロンドンに向かった。ロンドンではハイドパークの北側に位置し、窓から公園が見えるホテル・Royal Lancaster Hotelに三泊した。このホテルは初めて泊まったが、アラブ系の客が多く、ロビーは特有の香りがした。プラハと同じくロンドンも異常に暑く、また、冷房設備が無いのも同じであり、窓は開けて寝た。日本料理を久し振りにたっぷり味わい、中華料理も賞味で来た。二十八日、トリポリからミスラタキャンプに帰った。

帰る早々の昭和五八年（一九八三）九月一日付で二年余のリビア赴任が終わり、神戸本社のリビア建設部に異動になった。九月八日、現場を離れ帰国の途につき、オランダ・アムステルダム、タイ・バンコクそして香港経由大阪・伊丹を目指した。日本帰着は、一週間後の九月十四日であった。

３ 国内での業務支援

昭和五十八年（一九八三）九月一日付で神戸本社勤務を命じられたが、九月十四日にリビアから帰国しても、従来通り京都府城陽市の自宅からの通勤には無理があるので、前もって会社の宿泊設備の利用をお願いしていた。

入居の許可が出たのは、東亜の単身寮（甲南寮）であった。所在地は神戸市東灘区甲南町で国鉄・摂津本山駅の南西に位置する。入居しているのは、神戸本社及びその周辺の部署に勤務する管理職者が単身赴任している場合に入居する寮である。まだ、帰国休暇中であった十六日の金曜日、京都の自宅から荷物を運び、入寮した。

部屋は七畳程度の広さの洋間で、ベッドと机・椅子が備えられていた。風呂は四〜五人が入られる大浴場で、食堂で食事も用意されていたので、日常は、何の不自由も無かった。

当時、東京に自宅のあった近藤専務も神戸本社に来られる時は、利用されており、風呂で一緒になり、背中を流した事もある。南側にある庭も広く、入寮者が車座になって、バーベキューで夕食をしたりもした。

本社にいてやる仕事は、ひと言で言えば、リビア・ミスラタの現場工事の後方支援である。毎日のようにテレックスで現場状況報告や必要な情報・資料の要求が通知される。これに出来るだけ迅速に対応する事が求められる。また、記憶の新しい内に土木建築工事の記録をどのようにまとめるかを検討する時期に来ていた。記録をまとめる責任者は彼以外にいなかった。昭和五十八年（一九八三）は気が付いたらもう年末になっていた感がある。この年の忘年会は、随分多くあったようだ。結局、彼は九月に帰国すれば東亜を退職する予定でいたが、その年の初めの参事補就任で管理職の末席に就いたため、職務の責任上一人の判断で退職する事を潔く思わず、そのまま留まらざるを得ない状況になった。

当時リビア関係で二案件のプロポーザルがあった。一つは、機械・土建・トレーニングなどを含めた総額で三四三億円のセダダ・石灰石プラント・プロジェクトで、もう一件は総額五一〇億円のニューキャンプ・プロジェクトで、両案件共、一応のまとめが出来た。しかし、漏れ聞くところの客先の感じは、他の競合会社と比べて、まだまだ高いとのことで更にコストダウンの方策を検討する必要があった。引き合いがあってから一年以上経つその年の十一月になっても、ニューキャンプのコスト会議は続けられていた。

年が明けて昭和五十九年（一九八四）二月二十四日、彼は再びリビアにロンドン経由で出張した。目的は、この二案件について、リビアの客先と仕様の打合せ確認と、土建工事の外注を予定しているチェコの業者や中野組との打合せ協議であった。もちろん、その合間にはリビア・ミスラタ製鉄所の現場で、その時も継続している土建工事を手助けする事も含まれていた。

前年の九月、赴任を終えて現場を離れてから、僅か五ヵ月余でまた、ミスラタに戻ったのである。その際、セダダの現場にも行った。ミスラタキャンプから車で東方に約二時間走り、その途中で二回、辺りに人家の無い所で、数十頭の駱駝の群れが道路を横断するのに遭遇した。車を止めて駱駝が横断し終わるのを待ったが、誰も人はいない。野生でもないと思うが、飼い主は見当たらず駱駝だけが自由に歩いていた。石灰石プラントの現場は、二車線のアスファルト舗装道路がハサミで断ち切ったようにプツンと切れて、その先は何もない全くの砂漠であった。道路の左右が若干盛り上がり、岩山らしい感じがしただけであった。三月とは言え、眩しいばかりの空と溢れる陽の中で、途中で買った大きな西瓜を路面にぶつけて割り、飲み水代わりで口にしながら、しばらく現場を眺めて佇んでいた。

任務を終え、四月七日ミスラタの現場を離れてトリポリに向かった。翌日、西ドイツ・フランクフルトまで飛び、そこからデュッセルドルフに行き、東亜の支店で、ハウスメーカーと打合せを済ませて、大阪に帰る予定であった。

四月八日の夜は、街中の「日本館」に付属しているホテル日航に泊まった。その深夜、電話のベルで叩き起こされた。本社・リビア建設部の高井君からだった。用件は、そこから真っ直ぐ日本に帰る予定を変更して、西ドイツとイタリアのハウスメーカーに行き、調査して欲しい事がある、との事。例のニューキャンプの案件に絡んだ話であった。翌朝、東亜の支店で航空券を変更する必要があった。また、フランクフルトとミラノの宿の手配も行った。

前の夜、リビアから到着して行ったのは、日本館内にある日本料理の「弁慶」であった。六年前の昭和五十三年（一九七八）阪大の前田先生の一行と共に、ソ連からハンガリーのブダペストを経由してデュッセルドルフに来た時、夕食をとったのが、この「弁慶」であった。日本瓦を載せた棟門を潜ると、打ち水をした御影石の石畳、左右には狭いながら日本庭園、大きな石灯篭もあり、通路には地灯篭に灯が入っている。白足袋に桐下駄の和服姿の日本人女性の案内で、沓脱ぎ石で履物を揃えて座敷に入ると、其処はもう紛れもない日本、どこにも西ドイツの風情はない。久し振りの本格的な日本料理を味わった。

翌日、フランクフルトに飛び、ハウスメーカーの人と会い、話を聞き資料を貰った。翌日、イタリア・ミラノに移動し宿泊。翌朝、ホテルから訪問先の会社の車でミラノの西方約二〇〇キロのトリノにあるその会社を目指して太陽道路を走行、周辺はシルヴァーナ・マンガーノ主演の映画『にがい米』の舞台の水田地帯であった。その工場は、トリノから北に見えるモンブランの懐に位置していた。そこで、プレハブのハウスに用いる、断熱壁材に挟む、発泡断熱材の成分と特長、発泡率等の資料を入手し、実際の注入作業を見学できた。ミラノの宿は有名なドゥオーモ大聖堂の隣に位置し、部屋からドゥオーモの屋根を飾っている金色の聖者の像が間近に見えた。

予定の仕事を終えた翌朝の十三日、タクシーでミラノの空港に行ったが、ロンドン行きのアリタリア航空便はストライキでキャンセルと表示が出ていて、また、慌てなければならなかった。まず、手元の航空券を裏書きして貰って他社の航空機に振り替える必要があった。資料が詰まって異様に重いスーツケースを引きずりながら、ストの影響でごった返している空港内、航空会社の事務所をウロウロしてようやく、英国航空の振替便の予約が取れたが、何と、その日の便はもう無くなり、翌日の便であった。仕方なく、今朝チェックアウトしたホテルに戻って、もう一泊する事にした。翌日はロンドンの空港近くのホテルに投宿した。そして翌々日、漸く日本航空のロンドン発便で大阪に向かう事が出来た。リビア・ミスラタを出たのが四月七日、大阪に着いたのが四月十六日、途中で予定を変更しながらの十日間の一人旅だった。

これらの案件に関連して、彼は土建担当として、同年十一月に高井君と共に急遽シンガポールに飛び、現地のプレハブハウスメーカーと打ち合わせたが、効果のある話にはならなかった。間もなく、残念ながら東亜はこの二件のプロジェクトの受注に失敗した。

昭和五十九年（一九八四）十月、下請・三星建設はコンクリート打設二〇万立方㍍突破の記念コインを発行し、土建工事が山を越えた。そして現場からの帰国者が相次いだ。東亜では、三月に久保山次長がまず帰国し、その後土建課員が続々と帰国した。そして、技術アドバイザーの英国人ミスター・ペイジも十月末で延べ三十三ヵ月間の契約期限が切れた。英国に帰国する途上、日本に立寄る事を招待した。彼と石山君が案内役となり京都市内で御所の拝観などの観光にアテンドし、長いリビア勤務の労をねぎらった。

また、リビア建設部及びその上の事業部レベルからも比較検討を指示されていた懸案事項（欧州の鉄骨構造と当社の鉄骨構造の比較検討）は、彼が主となって作業を進めていた。報告書・第一報・定性比較は、本年五月、そして報告書・第二報・経済比較は、本年七月にまとめて関連部署に配布した。要は、双方の設計法に一長一短があるが、遠距離の輸送を考慮すると、鋼重増を憚《はばか》らず、船荷重量を少なくする欧州方式の方が良かったのではないかと結論付けている。

昭和六十年（一九八五）一月一日付で、彼は㈱東亜製鋼所・エンジニアリング事業部・技術本部・土建技術部・製鉄非鉄プラント担当課長を拝命した。それまでのプロジェクト本部・リビア建設部・土建課が廃止となり、兼任が外された。また、現地リビア建設事務所・土建課は同年九月一日に設備課に統合され、無くなった。これは、リビア・プロジェクトの土建工事費用の人件費をこれ以上増やさないための方策であったが、実際にはその後も人件費が嵩《かさ》むことになった。

現に彼の業務は、それ以前と変わらず、会議は、リビア建設部と土建技術部の両方に出席しており、主たる業務は、リビア現地業務の後方支援であった。

昭和六十年（一九八五）と六十一年（一九八六）の二年間は、彼の業務経歴中非常に特異な年であった。すなわち、自宅外で宿泊した日数が、年間を通じてそれぞれ、僅か六日間と二日間で、前後の年の集計日数と極端に異なっている。詳しく見てみると、両年とも業務上の外泊日数は一日のみで、しかも、その宿泊は会社の研修所での泊りであった。

研修所での泊りとは、この二年間に二回、彼は社内土建技術者の研修会で講師を務め、それぞれ一泊二日で研修の受講者と共に研修所に泊まり込んで集中教育を実施したのである。彼が担当した内容は「建設工事における鉄骨構造の実際」Ⅲ施工編で、全体約二五〇頁の内、二〇〇頁分に当たる、彼の手書き原稿を教科書にして講義した。昭和六十年（一九八五）は十二月に、そして翌年は九月に実施された。

言い換えると、この二年間、彼の業務出張は一切なかったという事である。この間、淡々と仕事をこなし、全く月日の経つのがあっという間だったと彼は述べている。下請会社の土建工事・三星建設、鉄骨工事・川田工業、塗料・関西ペイント、杭工事・大同コンクリート、自然換気設備・ロバートソン会社、屋根壁材のオリエンタルメタル社、海上工事・国土総合建設などの各社とのクレームと契約金額の増減査定・協議が切れ目なくあった。例えば、鉄骨の誤製作、ペイントを不活性ガスで缶に封入しているにも拘わらず経年不良で廃棄、コンクリート杭の輸送途上でのひび割れ被害、強烈な紫外線に依る屋根壁材表面の白亜化、各扉の鍵穴への微粉末砂塵の詰まりと改善策、ステンレス材にも拘らず発錆《はっせい》した問題、煙突の構造上カルマン渦現象による自励振動の問題等々の対応が記憶にある。しかし、それらの処理に脇目も振れない程忙しい状態であった事は、その間、彼自身の私的な旅行が、全く出来なかった事からも想像できる。彼にとって不思議な経験をした二年間であった。

それらの業務の間に纏めていた土建工事の建設記録は、単なる記録ではなく、もし同様のプロジェクトを再度実施した場合の改善点を中心に記述して約一年間の時間を掛けて、昭和六十一年（一九八六）五月に出来上がり、社内に報告した。採算的には、その時点でのコスト総括で示達予算・四〇〇億五六〇〇万円に対して、実績・四三〇億六四〇〇万円（現在換算・約五五六億円）となり、残念ながら三一億六三〇〇万円（現在換算・約四一億円）の赤字となった。約二五〇頁の細密な本文と添付キングファイル（付属資料①〜⑥）六冊からなる大部な建設記録報告書は、その後、平成七年（一九九五）の阪神大震災で事務所建物の崩壊と共に全て消え去った。

一方、東亜本体の経営状況の悪化も進行し、昭和六十一年（一九八六）十月には五二〇〇人におよぶ合理化が発表され、十二月から管理職の給与は一〇%カットされるようになった。

ともあれ、昭和六十年（一九八五）十一月末でリビアでの土建工事は最終段階を迎え、以後は出来上がった構造物のメンテナンス作業が開始されていた。その頃から、施工済みの土建施設で、色々な客先クレームが発生して、その都度、土建課員がリビア現地に短期出張を重ねて対処してきた。しかし、このままでは抜本的な解決は難しい、と考え出していた。

4 海外赴任時代（その二）

昭和六十二年（一九八七）三月四日出発で、再び彼がリビアに赴任して、数々のクレームに対処すると共に、メンテナンス作業を、下請けの三星建設の部隊を使って、本腰を入れて行う事になった。今回の行程は伊丹空港から韓国・ソウルに行き、其処から南回りでトリポリに直行する事になった。今回から座席はエコノミー級になった。前年十一月、東亜の経営状態が悪いと社内通告され、海外赴任時の座席等級もエコノミーに格下げするようになっていた。

三年振りのミスラタの現場、何もかもが新しく見えたが、キャンプは変わらなかった。部屋の位置は以前とは別になったが、中は同様である。食堂のスタッフも以前と同じ顔ぶれで、長い休暇から帰って来たように、笑顔で彼を迎えてくれた。金曜日のメニューのカレーライスもそのままで、懐かしかった。

赴任の稟議書に記載した渡航目的は「昭和六十二年（一九八七）八月の線材棒鋼ミルのコミッショニング開始、昭和六十三年（一九八八）二月の客先よりの同プラントの暫定承諾書取得を目指し、関連する土建の直営残工事および一部の外注工事に施工管理を行うと共に、既に完了した土建本工事については、下請・三星建設に指示した手直し工事の検査・検収を行う事を主業務とする。併せて予想される客先よりの種々の指摘事項に対して必要な技術的処理を現地所長の指示により遂行する事を目的とする」となっている。予想赴任期間は十二ヵ月以上となっていた。赴任して間もなく、プロジェクト開始の昭和五十六年（一九八一）十月から彼等の手足となって品質管理を担当してきたバングラデシュ人のミスター・カリムが、延べ七十ヵ月（五年十ヵ月）という長期間の任務を終え離現した。カリムは自国に帰っても仕事は無いので、アメリカに行き、永住権を取って働くつもりだと言っていた。そのため、東亜のこの現場で、長期間善良に働いた、という証明書に彼がサインしてくれと頼んで来た。もちろん、彼は快くサインしてやった。

彼の補助員として三山君が六月に着任した。

現場のメンテナンス体制は、東亜社員が二人にマレーシア人の補助技術員・ミスター・オングとワーカー十一名の計十四名で行う事になった。

本社には、ほぼ二ヵ月毎に詳しい「全般報告」を送っていたが、その第一報の最後に記載したものを転記する。

「百聞は一見にしかず、という言葉がありますが、三年間この現場を離れ、国内で各種情報を基に描いていた状況は、当地に来て現実に見てみると、半分の認識度も無かったのでは無いかと思います。遅くとも昨年七、八月頃に、現在の諸問題の主なものに、もう一歩突っ込んだ対応が採られていたら、現状は随分変わったものになっていた事でしょう。小職も責任を感じている次第です。海外プラントの土建工事として、数々の教訓を見せ付けているのがこの現場だと思います。既にまとめた『建設記録』にも縷々述べていますが、所詮、書いたものです。是非一度、土建技術部として冨高部長に来現願い、つぶさに現状視察をして戴ければ幸甚です。大谷元部長が着工時に来現されてからもう六年になります。エジプト等他のプロジェクト視察の序《ついで》に、出来るだけ早く当地に来られるよう切望致します」しかし、冨高部長から何のコメントも反応も無く、来現も無かった。

着任早々の時、大水槽の水張りテストでの水漏れには驚いた。直径五〇㍍の巨大な地下コンクリート水槽の真中に、厚み八〇㌢程度・高さ八・五㍍のコンクリートの隔壁が有る。この水槽の片側に水を一杯張り、片方に水漏れしないかどうかを検査したものである。水を張ると壁面の五〇ヵ所位から、場所により噴水のように水漏れが発生した。壁面には防水モルタルは施工していない。これを見て客先のある担当者は、水槽を壊して、もう一度造り直せと極端な意見をぶっつけて来た。これに対して、この水槽は操業時に清水を張るためでは無く、冷却水を溜めるものであるから、防水する必要は無い。水漏れはコンクリート中の毛細管から発生しているものであり、時間が経過すれば、コンクリート中の石灰分が化合してできる白華《はっか》（エフロレッセンス）で、毛細管は塞がり、水漏れは止まると話をして、しばらく放置していた。すると言った通り、漏水は止まった。客先もこれを見て了解し、検査は合格で、壁面の防水処置は不用となった。

その他、手直しや不具合は枚挙に暇《いとま》ないほどで、細かく書く事は避ける。

本社への最後の報告書・昭和六十三年（一九八八）一月の第五報に彼が記した「あとがき」を転記する。

〈いよいよ昭和六十三年に入り、当プロジェクト契約後満七年を経過した。小職が初めてこの現場に土質調査と現場調査のため入現したのが昭和五十六年（一九八一）一月末、それから丁度七年になりました。昨年八月十五日に「赤通し」を予定していましたが、今、漸く半年遅れで、確実に目前に迫っています。この時点で、尚、前記した如く、承認取得業務が数多く残っている事改めて遺憾に思っています。三月十五日の小職離現予定日まで一ヵ月半残しておりますが、エンジニアリング業務も先が見えましたし、残工事の消化も進み、更に残る工事の計画、段取りも一応落着いたものと考えます。残る在任期間中に出来るだけこの進捗度を進め、あと、三山君に引継ぎたいと思います。

昭和六十二年（一九八七）十二月末までの実績をまとめ今後の予想をたて土建工事の予算見直しを行いました。この内容は手紙にて本社にお送りし、本社のデータを入れて最終案にするようお願いしておりますが、この中で小職帰国後もスーパーバイザーのミスター・オングを三山君の補助として従事させるべく雇用期間六ヵ月延長し、昭和六十三年（一九八八）十一月末頃までとしています。

これで、暫定完了及び完全完了時期が延びた事による現地見直し体制は整ったと考えますが、一方、国内の方もこれに即した支援体制が望まれます〉

ここに、彼は離現日を三月十五日としているが、本当は、仕事の進み具合から、あと二ヵ月、五月末までリビアにいたかった。ところが、前年の十二月下旬、本社の板垣部長から、新座所長宛に連絡があり、翌年四月に橋梁の工事を主にした子会社が設立されるので、その会社に岩成を入れたいから、間に合うよう帰国させて欲しいとの事だった。

彼は、三月帰国に消極的で、新しい会社にも余り興味が無かった。新座所長も現場の事情を考えない勝手な要求との感触も示していたので、しばらく返事を保留していた。翌年頭、土建技術部の斎藤部長からも返事催促の連絡があり、三月帰国で、まずは、新しい会社に出向してみる事にした。

昭和六十三年（一九八八）三月十四日、ミスラタを離れる前日の朝礼時に彼は、以下の挨拶をした。

〈皆さん！　お早うございます。

私、昨年三月初めにこの現場に参りまして、丁度一年になります。この間、土建に関する色々の仕事をしてきました。ここにおられる皆さんの協力を得まして、一応所期の目的を終えて明日帰国することになりました。本当にお世話になり、有難うございました。

もちろん、この一年の出張を終えて帰国するといっても、決して土建の残工事・残業務が終わった訳ではありません。まだまだ沢山の仕事が残っております。中には漸く仕事の段取りが付いて、これから工事を行うもの、さらには段取りの方向付けが出来て、これから段取りするものもあります。また、客先の検査で、現在、予想もしていない工事が出てくる可能性もあります。

明日以降、私の仕事は中島課長に引継ぎをお願いすることになりました。実質的には三山君が、今後、まだ一年余り担当することになると思います。

三山君の下には、土建グループとして、スーパーバイザー、フォアマン、ワーカーと二十名程の直接工が付いていますし、三星建設もスタッフ一名の下に、十名ほどのワーカーがこれからも常駐します。外注工事として発注したロードマーク工事も、各設備で継続して施工されますので、ここ当分はまだまだ忙しい状況が続くでしょう。

これらを一括して管理・監督するためには、今後とも土建グループに対して皆さんの一層のご協力をお願いすることになると思いますが、何分宜しくお願い致します。

さて、私がこの現場に初めて来たのは、昭和五十六年（一九八一）一月末の風の非常に強い日だったと思います。当時は杭一本なく、平坦なサイトがあっただけでしたが、以来七年、全くの様変わりで巨大な製鉄所が、ほぼ、いつでも動く状態になりました。予算・採算を別に話をさせて貰えば、一技術屋として、この世界的に見ても大きなプロジェクトに七年間参画し、しかも、三年半、及ばずながら現地で直接その一端を担って仕事が出来た事は、まことに幸せ者と思います。

明日、「赤通し」を直前にして帰国することは残念ですが、一方、土建屋が「赤通し」の時までウロウロしているものではないという考えもありますので、それに従えば、図らずも僅か一日の差で、現場から消え去る事ができます。

この現場事務所発足当初からの合言葉通り、皆さん方、『一日でも早く、それぞれの任務を終え、事故で怪我もせず、また病気にもならず、五体満足のまま、家族の待っている日本あるいはそれぞれの国に帰られる』よう祈ります。

一足先に帰国し、日本で赤通し、仮完了等に関する吉報を待っています。お元気で、有難うございました！〉

そして、土建工事のメンテナンス外人要員に向けての挨拶は、以下の通りだった。

〈Good Morning Gentlemen!
I will leave here a day after tomorrow permanently.
From the beginning of this project, during last 7-years I have been engaged the work, and stayed in Misurata site 3-years and 6-months in total.

写真―⑥　ハンバー橋（イギリス・ハル、1988）

I would say, it was great pleasure for me to work here under your close co-operations with us.
After me, Mr.Nakajima will take over our remaining civil matters, and substantially Mr. Miyama, he is project engineer will treat the jobs.
Thank you very much indeed. See you again.〉

リビアからの帰国行程は、まずマルタ島にわたり一泊し、ロンドンに行き、日本から来た上谷課長と落合い、ロンドン北方の街、チェスターに向かい、リビアの現場、工場建屋の屋根に使用している自然換気設備のメーカーに対するクレームの協議を行った。そこから彼は一人で、リバプールからヨークに行き観光の後、当時世界最大の吊橋ハンバー橋（写真―⑥）の見学をしてロンドンに戻り、三月二十六日に日本に帰国した。

これで、彼とリビア・ミスラタプロジェクトとの関わりは完全に終了した。

翌四月より、彼は東亜製鋼所に在籍のまま、新しくできた工事会社に出向となった。

5 給与と賞与

海外業務時代七年間の給与と賞与の実績表を表―⑩から表―⑫に示す。

昭和五十六年（一九八一）六月より海外赴任が始まったが、海外勤務手当が大きく寄与して再評価後の額は一四〇〇万円を超えた。まるまる一年間海外に居た翌昭和五十七年（一九八二）は、それが一八〇〇万円を超えている。ところが昭和五十八年（一九八三）は九月まで現地赴任が続き、年頭より管理職に昇格したにも拘わらず、年収は大幅に下がっている。これは先にも記した参事補問題で、超過勤務手当がなくなり、管理職としての基本給の増額が僅少であるため、総給与金額の逆転現象が生じたためである。年額一〇〇から一五〇万円あった超過勤務手当がゼロになるのであるから当然の結果とも言える。

海外赴任時の給与は国内給与と現地給与の二本立てである。国内給与は基本給と業務給共所定の八〇％になり二〇％の減額となる。

一方、現地給与は、内地で支払われる出向手当と、現地で支払われる現地給与の二本立てとなっていた。出向手当は米ドルで支払われ、現地支払いの給与はリビアン・ディナール払いであった。米ドル払いの出向手当は赴任地での生活困難度とも言うべき地域等級により額は異なった。彼の場合、出向当初の昭和五十六年（一九八一）は月当り三八五・七ドルであったが、翌年は地域等級が上がって五七一ドルと四八％も増額された。それが昭和五十八年（一九八三）の管理職昇格で八四四ドルと更に四八％増額された。この間の円・ドルレートは二四〇円／ドル程度で微小な変化があったが、日本円での払い戻し毎にレートにそって支払われた。

それと、現地通貨で支払われる給与は、この二年間毎月二五八・八八リビアン・ディナールで変化は無かった。米ドルとの換算レートは、〇・二九六一ドル／リビアン・ディナールで定率にしていた。日本円では一万八〇〇〇円（現在換算二万五〇〇〇円）程度であり、キャンプ内の売店で煙草や日用品購入に使ったり、外出時の買物時に使い、余った分は帰国休暇時に清算して日本で円払いになった。

二度目の赴任となった昭和六十二年（一九八七）には出向手当は九五〇ドルと多少高くなったが、円／ドルレートは僅か一年間に一五二円／ドルから一二七円／ドルと大幅に円高となり、手取り金額の目減りがひどく、早急な対応が求められた。また、その時の現地通貨払いの額は数年前のままで、米ドルとのレートの変化は微小であった。

昭和六十年（一九八五）一月より彼は担当課長に昇格したものの、会社としての不況が給与カットや賞与の減額になり、収入金額としては足踏み状態を余儀なくされた。

収入集計表（表—⑩）

昭和56年（1981年）　㈱東亜製鋼所　単位：円　（42歳）

月　度	給与・賞与	海外勤務手当	計	再評価率	再評価額	備　考
1月	370,074		370,074	1.542	**570,654**	
2月	354,230		354,230	1.542	**546,223**	
3月	390,616		390,616	1.542	**602,330**	
4月	380,120		380,120	1.542	**586,145**	
5月	402,872		402,872	1.542	**621,229**	
6月	1,647,741	30,109	1,677,850	1.542	**2,587,245**	リビア赴任
7月	355,474	301,102	656,576	1.542	**1,012,440**	
8月	447,433	301,102	748,535	1.542	**1,154,241**	
9月	549,955	301,102	851,057	1.542	**1,312,330**	
10月	467,038	301,102	768,140	1.542	**1,184,472**	
11月	478,414	301,102	779,516	1.542	**1,202,014**	
12月	1,634,457	301,102	1,935,559	1.542	**2,984,632**	
年　計	7,478,424	1,836,721	9,315,145		**14,363,954**	

昭和57年（1982年）　㈱東亜製鋼所　単位：円　（43歳）

月　度	給与・賞与	海外勤務手当	計	再評価率	再評価額	備　考
1月	447,716	301,102	748,818	1.542	**1,154,677**	
2月	424,377	196,636	621,013	1.542	**957,602**	
3月	427,670	301,102	728,772	1.542	**1,123,766**	
4月	466,152	307,733	773,885	1.469	**1,136,837**	
5月	475,281	329,384	804,665	1.469	**1,182,053**	
6月	1,553,614	329,384	1,882,998	1.469	**2,766,124**	
7月	492,049	329,384	821,433	1.469	**1,206,685**	
8月	475,281	329,384	804,665	1.469	**1,182,053**	
9月	565,180	329,384	894,564	1.469	**1,314,115**	
10月	475,281	329,384	804,665	1.469	**1,182,053**	
11月	312,012	329,384	641,396	1.469	**942,211**	
12月	1,585,094	1,153,726	2,738,820	1.469	**4,023,327**	海外調整給含む
年　計	7,699,707	4,565,987	12,265,694		**18,171,503**	

昭和58年（1983年）　㈱東亜製鋼所　単位：円　（44歳）

月　度	給与・賞与	海外勤務手当	計	再評価率	再評価額	備　考
1月	323,534	403,927	727,461	1.469	**1,068,640**	管理職昇格
2月	313,060	303,913	616,973	1.469	**906,333**	
3月	422,576	403,325	825,901	1.469	**1,213,249**	
4月	314,180	410,931	725,111	1.418	**1,028,207**	
5月	314,180	405,776	719,956	1.418	**1,020,898**	
6月	1,450,480	407,924	1,858,404	1.418	**2,635,217**	
7月	331,106	410,502	741,608	1.418	**1,051,600**	
8月	323,780	413,766	737,546	1.418	**1,045,840**	
9月	495,327	263,410	758,737	1.418	**1,075,889**	リビアより帰国
10月	414,600		414,600	1.418	**587,903**	以後、国内勤務
11月	414,600		414,600	1.418	**587,903**	
12月	1,749,100		1,749,100	1.418	**2,480,224**	
年　計	6,866,523	3,423,474	10,289,997		**14,701,903**	

収入集計表（表—⑪）

昭和59年（1984年）　㈱東亜製鋼所　単位：円　（45歳）

月　度	給　与	賞与等	計	再評価率	**再評価額**	備　考
1月	425,020		425,020	1.418	**602,678**	
2月	474,040		474,040	1.418	**672,189**	
3月	414,600		414,600	1.418	**587,903**	
4月	431,864		431,864	1.363	**588,631**	
5月	406,600		406,600	1.363	**554,196**	
6月	406,600	1,454,500	1,861,100	1.363	**2,536,679**	
7月	425,314		425,314	1.363	**579,703**	
8月	467,480		467,480	1.363	**637,175**	
9月	406,600		406,600	1.363	**554,196**	
10月	406,600		406,600	1.363	**554,196**	
11月	406,600		406,600	1.363	**554,196**	
12月	406,600	1,454,500	1,861,100	1.363	**2,536,679**	
年　計	5,077,918	2,909,000	7,986,918		**10,958,421**	

昭和60年（1985年）　㈱東亜製鋼所　単位：円　（46歳）

月　度	給　与	賞与等	計	再評価率	**再評価額**	備　考
1月	431,203		431,203	1.363	**587,730**	担当課長に昇格
2月	479,980		479,980	1.363	**654,213**	
3月	419,100		419,100	1.363	**571,233**	
4月	449,612		449,612	1.363	**612,821**	
5月	429,200		429,200	1.363	**585,000**	
6月	429,200	1,554,500	1,983,700	1.363	**2,703,783**	
7月	448,850		448,850	1.363	**611,783**	
8月	491,520		491,520	1.363	**669,942**	
9月	429,200		429,200	1.363	**585,000**	
10月	429,200		429,200	1.290	**553,668**	
11月	429,200		429,200	1.290	**553,668**	
12月	429,200	1,434,500	1,863,700	1.290	**2,404,173**	
年　計	5,295,465	2,989,000	8,284,465		**11,093,012**	

昭和61年（1986年）　㈱東亜製鋼所　単位：円　（47歳）

月　度	給　与	賞与等	計	再評価率	**再評価額**	備　考
1月	444,321		444,321	1.290	**573,174**	
2月	491,520		491,520	1.290	**634,061**	
3月	429,200		429,200	1.290	**553,668**	
4月	441,825		441,825	1.290	**569,954**	
5月	420,600		420,600	1.290	**542,574**	
6月	420,600	1,364,500	1,785,100	1.290	**2,302,779**	
7月	441,673		441,673	1.290	**569,758**	
8月	482,920		482,920	1.290	**622,967**	
9月	420,600		420,600	1.290	**542,574**	
10月	420,600		420,600	1.290	**542,574**	
11月	420,600		420,600	1.290	**542,574**	
12月	420,300	1,304,500	1,724,800	1.290	**2,224,992**	
年　計	5,254,759	2,669,000	7,923,759		**10,221,649**	

収入集計表（表―⑫）

昭和62年（1987年）　㈱東亜製鋼所　単位：円　（48歳）

月　度	給与・賞与	海外勤務手当	計	再評価率	再評価額	備　考
1月	404,197		404,197	1.290	**521,414**	
2月	451,520		451,520	1.290	**582,461**	
3月	389,200	252,101	641,301	1.290	**827,278**	リビア再赴任
4月	322,341	264,217	586,558	1.256	**736,717**	
5月	311,440	251,590	563,030	1.256	**707,166**	
6月	1,640,640	260,096	1,900,736	1.256	**2,387,324**	
7月	311,440	266,520	577,960	1.256	**725,918**	
8月	311,440	271,595	583,035	1.256	**732,292**	
9月	311,440	258,074	569,514	1.256	**715,310**	
10月	311,440	265,542	576,982	1.256	**724,689**	
11月	311,440	252,682	564,122	1.256	**708,537**	
12月	1,759,440	240,171	1,999,611	1.256	**2,511,511**	
年　計	6,835,978	2,582,588	9,418,566		**11,880,618**	

昭和63年（1988年）　㈱東亜製鋼所　単位：円　（49歳）

月　度	給与・賞与	海外勤務手当	計	再評価率	再評価額	備　考
1月	311,440	222,046	533,486	1.256	**670,058**	
2月	311,440	229,913	541,353	1.256	**679,939**	
3月	406,497	165,714	572,211	1.256	**718,697**	リビアより帰国
4月						工事会社に出向
5月						
6月						
7月						
8月						
9月						
10月						
11月						
12月						
年　計	1,029,377	617,673	1,647,050		**2,068,695**	

以上、㈱東亜製鋼所での収入金額　合計	205,775,923

（退職金除く）

第三章　工事会社への出向・転籍時代

第一節　新会社への出向

1　新会社の設立

昭和六十三年（一九八八）四月一日、新会社・東亜鉄構工事㈱が設立された。同日付で彼は同社の工事部長として、㈱東亜製鋼所から出向となった。先月末にリビア赴任から帰国し、休暇を取る暇もない慌ただしい日程であった。東亜から役員として槌山社長（東亜副社長）板垣常務そして杉坂業務部長と言う布陣である。他に関連会社の三和運輸工業からも役員と社員が参画した。設立時の資本金は五〇〇〇万円、出資比率は、東亜八〇％、三和二〇％であった。出向には以下の三つの形態がある。①指定した戦略事業会社及びこれに準ずる会社への出向（戦略事業出向）②海外の会社への出向（海外出向）③上記以外の会社への出向（派遣出向）の三つであるが、彼の出向形態は東亜直属の子会社である事からか、意外にも通常の派遣出向であった。

新会社設立の機運は、東亜が昨年九月に待望の日本橋梁建設協会の加入会員に認められたことから一気に高まった。その直後に、エンジニアリング事業部が起案して「橋梁工事専門会社設立の件」と言う経営会議資料が上程され、決定された。

彼も参画して、橋梁のいろはの【い】の字から始めた東亜の橋梁部門、もたもたしながら四年前の七月、呉工場に橋梁専門の製造ラインが出来、披露された。それからまた、三年が経過して橋建協への加入を果たした。ならば、従来通り東亜本体で、この部門を維持し、発展させれば良いのではないかと、思われるが、工事に必要な工事要員のコスト低減なしでは存続できない事が判って来た。そのため、従来外注にして、三和の人間を東亜の現場代理人に仕立てて一部の工事を施工してきた。これは、一括下請けの禁止と共に、建設業法に違反する事になるため、他の橋梁ファブリケーターも工事会社の設立を先んじて行っている事から、それに倣《なら》って新会社を作り、コスト低減を目論んだものである。

当然の事ながら、新会社は工事部が主体である。営業部隊は東亜本体にあり、製造部門である工場も東亜・機械事業部に所属している。従って、彼が主管する工事部員は、東亜本体からの出向者だけでなく、三輪運輸の社員及び新規に新会社で雇入れたプロパー要員で構成された。当初の総勢は十七名であった。

新会社発足時早々、彼が自己申告で意見を述べた内容は以下の通りであった。

〈経営課題などの問題点と対策についての四項目、

①混成部隊である工事部の社員の意識を統一し、均質化するために、現場代理人（所長）の業務遂行マニュアルを作成する必要がある。

②本社との間の業務の流れを標準化し、仕事が自動的に流れ、ムリ・ムダ・ムラを無くすように努めなければならない。

③自主営業による維持・補修工事の目途を付けるために、具体的な市場調査および試受注を行い、市場参入を方向付ける。

④東亜の橋梁部隊全体を見ると、上記の種々の問題を孕んでいる。工事部門を別にしても、営業・設計・工務・製造部門間に一体意識が薄いように見受ける。ようやく業界での本格的な活動を前にしている今、製販一体化を強力にかつ早急に推進して、ハイテク機能を備えた生産能力の高い工場を中心に収益率の良い体制を具現すべきと考える〉

東亜の「橋梁」が曲がりなりにも今までやって来たと言うものの、経営会議に諮《はか》って工事の新会社の設立に達したのは、山田次長と一緒に大和橋梁を離れて、東亜に入社してから十九年も経過した後になる。橋建協加入の問題はあるにしても、東亜として深く考えた末が、この新会社であるとすると、余りにも時間がかかり過ぎたし、その内容は満足できるものではない。彼等、元大和橋梁の技術者達は、当時、東亜に入社する事をお願いしたつもりはなく、東亜側が彼等の入社を要請した筈だという、潜在意識は、この時になっても、やはり消えなかった。

[2] 問題点の指摘

翌、平成元年の自己申告で、彼は以下の意見を具申した。

〈工事部門が工事会社として分離独立した最大の使命は、工事のコストダウンである。そのための内的要因の解決はともかく、当社が準拠すべき東亜本社の諸規定、三輪のクレーンリース料、建設業の技術者登録制度、建設労務者の単価の高騰、技術者の新規・途中採用の困難性など、外的要因の解決が大きな問題である。また、来年六月より発効する建設業・技術者登録制度では、東亜の現場代理人は、東亜で登録された者でなくてはならないとするもので、当社のプロパー社員は、単独で東亜の工事を管理できなくなる可能性が大きい。

更に「人」の問題について。今後の社の発展のためには、抜本的な対策が必要と思われる。まず、若い技術者をどしどし採用して、活力ある体制を造る事が緊要で、そのためには思い切った労働条件の改善が望まれる。東亜本社の規定とは関係なく、現場勤務者といえども完全週休二日制度とし、止むを得ない残業時間手当は規制しないか、あるいは十分な現場手当でこれに報いる。出来るだけ週休二日を取得するように、各現場に応援者を派遣する体制を整える。これによる出費増は、社員の若齢化でカバーする。現場勤務を魅力あるものにして、求人難を克服する。また職種により、外国人技術者の採用も考える。

次に、架設工事の労務者については、特定架設業者の完全ファミリー化、あるいは準社員として直傭化を行い、労務者の生活を安定させ、帰属意識を持たせることにより、労務単価の高騰に耐える体制を持つこと。この架設業者あるいは準社員には現場の架設工事だけでなく、工場での仮組作業や自社保有機材の維持管理・補修作業などもさせ、継続して仕事があるように考える。今後、建設業従事者の待遇改善は、世の中で急速に進むものと思われる。他社に先駆けて施策する事が肝要である〉

3　業務内容

平成元年（一九八九）六月、株主総会で社長が藤山社長（東亜の副社長）に変わり、彼は取締役に就任した。工事部員は計十九名に増員された。

東亜本社で行われる「長期経営計画」のアクションプログラムとして新会社分を前期の意見に沿って、七月に作成した。①全般、②橋梁、③堰堤、④鋼構造物、⑤ケーブル、⑥メンテナンス及びその他の六項目について五年間の経営計画をまとめた。

工事は、阪神高速道路の湾岸線のジョイント・ヴェンチャー（ＪＶ）工事の施工委員としての業務が増えて来た。また、土石流対策の堰堤《えんてい》工事も、国内各地で受注でき客先協議に忙しかった。

そんな折、大和橋梁時代に板垣常務と昵懇《じっこん》だった日東技術開発の川上専務（彼も元大和橋梁の社員）が来社して、台湾・台北の高架橋の技術指導を依頼された。結局、彼が担当する事になり、十一月二十九日から十二月四日までの六日間、日東技術開発の名刺を持って、川上専務と共に台湾に出張した。

物件は台北市内に架かる五径間連続の箱桁橋で、製作工場のある高雄市まで行き、工場製作の技術者や工事技術者を前にして、適正な製作方法や架設工法について彼が講義をした。主眼点は製作時の溶接歪み、架設時のキャンバー（撓み）の管理そして架設手順だった。英語で喋り、中国語の通訳が横で翻訳していた。日東との契約金額は三五〇万円であったが、こんな業務は、日東の社名の下の業務であり、新会社にとって何の役にも立たない。ただ、売上金額を僅かに上乗せするためだけの無駄な仕事だったと彼は思った。

この年の九月、彼が発案し、作成していた【現場代理人のマニュアル】が出来、更に追加分が十二月に完成し、工事部員全員と東亜の関係部署に配布した。B5版のキングファイル一冊分、約二五〇〇頁になった。自分で言った事は、自分でやるが彼の主義だった。

平成三年（一九九一）六月、播磨橋梁工場を管轄する東亜本社の機械エンジニアリング事業本部の和泉本部長から彼宛に、特別業務の委嘱状が届いた。内容は〈都市環境エンジニアリング本部・藤山部長をリーダーとする、橋梁部門建て直しプロジェクトに参画し、播磨橋梁工場の収益改善を軸とする橋梁ビジネスの再構築を行うこと〉とあった。彼は工事分科会のメンバーとなった。先ず、工事部門の立場から、自己申告で意見を述べた。

〈過去の自己申告や業務目標シートで縷々記しているものの、現実の小職の主な業務は、当社への出向時と殆ど変わらず、橋梁や堰堤工事の工事打合せ、施工計画、見積、業者の引き合、現場施工管理の補助など、各工事案件に密着したルーチンワークと、半強制的に呼び出されるジョイント・ヴェンチャー（ＪＶ）工事の施工委員会への出席や、何か問題が発生した場合の現場処理業務である。これは十数年前、橋梁工事グループの担当者時代と似たようなもので、これら日時を争う日常業務に追われて、殆どの時間を費やし、本来の工事部長として行うべき管理業務、まして、名目上のみとは言え、常勤の取締役としての立場で行動する事は、むしろ、年毎に少なくなって来ている。

現在は、部内の担当部長や次長に直接業務命令をする機会は少なくなり、最近は各業務に対する要員配置の検討業務も無くなった。従って、他の管理職者及び直接の指揮下になっていない部員の動向も十分把握できていない。まさに、名目上だけの工事部長である。工事部長たるものは、工事部の業務（橋梁・堰堤に限らず）全般を俯瞰し把握、管理するのが任務であり、具体的には少なくとも、月一回は自ら現場を訪れて、現場状況の視察をし、担当部員に適切な助言・指導を行い、関係官庁に挨拶し、コミュニケーションを良くすると共に、社内では、計画から予算実績まで管理する者と考える。これを小職が行うのに能力が無いからだとは全く考えておらず、物理的・強制的に不可能な状態に置かれているからだと思っている。

この原因は、当社発足以来の恒常的な要員不足にある。特に本年度は危機的な状況になっている。これに対して、機会ある毎に注意を促し、本年度初めには警告すら発しているが、改善の兆しは無く、逆に、貴重な数名の中堅工事経験者の無計画な減員が行われている。増えたのは高卒新人の頭数だけである。当社設立の主旨書にも書かれている、計画要員の適切な配置がなされていない当然の結果と考える。

現状では、当社の体質改善は覚束ず、部員の一部には先行きの不安感が、工事会社の存続の危機感にまで発展している。部員、特に現場員の個人的な犠牲の上に、現在の採算性がある事を忘れず、短期的な損益だけで判断せず、抜本的な要員の増強と、組織改正をベースに現場員に時間的余裕を与える待遇改善策を全てに優先させなければ、過去の三年半は、当社及び小職にとって、全く無駄な時間であったと言わざるを得ない〉

同年六月には【橋梁工事・現場施工体制の現状と将来】という、全三〇頁にもなる提言書を作成し、関係部署に配布したが、反応は鈍かった。七月には、工事部の要員計画を、工事部員個々の業務遂行能力に評価点を付けて、要員不足を可視的に理解できる資料を作成し上申した。同年八月には【東亜鉄構工事㈱の現状と今後】と言う資料を作成した。

部門立て直しを目的としたこの部門建て直しプロジェクト、一ヵ月半の時間を掛けて協議したが、目立った成果はあげられなかった。

この頃、仕事は、大きな橋の施工が相次いだ。適当な要員がいれば、任せられる全国各地の橋などの現場視察、客先協議、予算管理業務などは、相変わらず彼自身が直接従事せざるを得なかった。

広島新交通の同業他社（サクラダ）の現場で、平成三年（一九九一）三月、橋桁落下の人身大事故が発生、全工区の現場で工事ストップとなり、安全管理体制の見直しのため、二ヵ月以上工事の再開が出来なかった。東亜の工区は八月に完成し、竣工検査合格となったが、客先《きゃくさき》とは別契約の床版業者に足場を残して使用して貰う条件が付いていたため、床版業者の工事が完了した翌年三月に、足場を東亜の責任で解体する工事があった。これに充てる予定をしていた工事部の要員の奥さんが、現場が始まる直前に産気付き、要員不足で交代要員がいないため、彼自身が急遽出張してその工事を担当した。道路上の足場解体工事のため、全て夜間工事で行われた。その途中、ガードマンの休憩時間中は、彼自身がガードマンに代わり、赤色電灯を振りながら、交通整理を行った事もある。客先には㈱東亜製鋼所・課長の名刺を示していたが、同業他社には、東亜鉄構工事㈱・取締役の名刺を提示して居たため、重役さんが夜間工事のガードマンをやるのか？　と揶揄されたりした。

鹿児島県・桜島の有村川堰堤工事の際、桜島の小噴火が起こり、急いで避難壕に駆け込むと間もなく、子供の拳ぐらいの火山弾が、煙を吐きながらばらばらと周囲に落ちてきて、桜島の火山活動を目の当たりにした事もある。栃木県日光の天狗沢堰堤工事では、大雨による沢水の氾濫で、現場

写真—⑦
レインボーブリッジ（東京、1992）

設備に事故が発生した。丁度その時、彼は妻と富山県宇奈月の温泉旅館に滞在していたが、電話で事故の急報が入り、その場で旅行を取りやめ、そのまま栃木県の現場に急行した事もある。また、鹿児島県屋久島の堰堤の現場でも、施工中に鉄砲水が出て、河川敷のクレーン車が水流に飲み込まれた事故が発生した。この時も現場に急行し、下請会社のクレーン車の損害に対する保険の手続を行った事もある。

平成三年・四年（一九九一〜九二）の彼の記録を見ると、業務出張による外泊日数が、年間に三十一日間と三十八日間で、その前年や前々年と変わらず、日常的に宿泊出張が頻繁になっていた。写真—⑦は平成四年三月に行われた日本架設協会・技術部会の東京・レインボーブリッジの見学会での写真である。序《つい》で平成六年（一九九四）五月にケーブル工事の現場視察を行った同様の吊橋、北海道・室蘭の白鳥大橋の写真—⑧を掲げておく。

写真―⑧　白鳥大橋（北海道・室蘭、1994）

4 海外調査団に参加

平成五年（一九九三）六月、本州四国連絡橋公団の外郭団体である、㈶海洋架橋調査会が主催する【長大橋の耐久性に関する調査研究委員会】として、今度は欧州各国の長大橋の管理事務所等を訪ねて、調査を行う事になった。その調査団の一員として、彼が東亜から参加する事になった。

本四公団・海洋架橋調査会・民間の、計二十名の調査団は、事前の調査打合せを東京で三回行い、九月二十七日に本四公団総裁の激励と見送りを受け成田空港から日本を出発した。ドイツ・デンマーク・イギリス・イタリアそしてフランスの五か国を十九日間で巡り、数々の調査を行った。結果の一部は、既に工事の始まっていた明石海峡大橋（巻頭写真）のケーブル工事にも適用し活かされた。

写真―⑩　リトルベルト橋（デンマーク、1993）

写真―⑪　ノルマンディー橋（工事中）
（フランス・セーヌ河口、1993）

調査団の報告書は翌年の三月にまとめて出版された。その中で、彼が担当しまとめたのは、ドイツ・ライン川を川下りしながら調査した、マインツ市からデュッセルドルフ市までの間に架かる計二十七橋の現状と歴史であった。調査結果は【長大橋の耐久性に関する調査研究報告書】として、平成六年（一九九四）三月に発行された。

第二節　子会社への転籍と退職

1 転籍

この調査団に参加し、旅行中であった九月三十日、彼は㈱東亜製鋼所を定年（満五十五歳で）退職した。管理職者は退職式に臨み、高橋社長から直接、銀杯や花瓶の記念品と共にアルバムを手渡されることになっていた。管理職者は、後進に道を譲り、勇退する意味を含めて、満五十五歳で退職するという規定があった。部長職者はこれより三年程度の退職猶予期間があり、一般職は満六十歳が定年だった。転籍先での勤務年数に特別な規定は無かったが、一般的には五年程度が標準だったようだ。

管理職者が定年になると、上司から社内のある課長が指名されて担当者となり、関連部署に「奉加帖」を回覧して、有志者から奉加金を集める。その金で、定年者の希望する品物を購入し、記念品（会社から頂く記念品とは別物）として贈呈する慣例があった。彼の場合、東課長が担当幹事となり、お金を集めて彼に希望する品物を訊きに来た。奉加金は相当な金額になった。結局、当時高価なニコンの一眼レフ・カメラを希望した。望遠レンズ付き、フラッシュ付きの一式を有り難く頂いた。お礼状も幹事の課長が作成し、有志者全員に配布してくれた。

写真—⑫　東京湾アクアライン（千葉、1994）

2 阪神大震災

そして、平成七年（一九九五）一月、東京湾アクアライン（写真—⑫）のジョイントベンチャー工事が完成し、解散式が千葉県・木更津であり、各社の部長クラスが施工委員を務めたメンバーで親睦ゴルフを行った。その後、名古屋の現場に立寄って神戸に帰ったのが十六日だった。その翌未明、あの大震災が発生した。

あの朝、まだ自宅二階の寝床にいた彼は、まるでブルドーザーが家に突っ込んで来たような揺れに起こされた。真っ暗な中、何かが倒れて風圧を感じた。何かが壁にぶつかり壊れる音がした。階下では母が、大声で何か叫んでいる。電灯は点かないので、手探りで見付けた懐中電灯で周囲を見渡した。隣に寝ている筈の妻がいない。その寝床に箪笥《たんす》が倒れて、枕に箪笥の角が食い込んでいた。箪笥の上にあった人形ケースが、彼の寝床の上を飛び越して、反対側の壁にぶつかり壊れている。廊下に出て階下に声を掛け、大丈夫か？　と問うと、母が大丈夫と答えた。書斎にしている隣の部屋は、全ての本棚が倒れて、中に入れない。階下に降りると、丁度その時、勝手口から妻が帰って来た。近くの公園での早朝ラジオ体操に参加して、木戸を開けようとした時揺れが来たとの事。台所は揺れの方向の関係で、二本の食器戸棚は、扉が開かずに横に約四〇㌢滑っていたが、食器は殆ど全部無事だった。空が白み始めた外に出て見ると、家そのものの外観は損傷なかった。近所の人数人が駆け寄って来て「揺れましたねー」と言った。電気は点かなかったが、ガスや水道は使えた。余震が続く中、蠟燭の灯で何とか朝食を済ませたが、何を食べたか覚えていない。

夜が明け、板宿方面の空を見ると黒煙が上がっている。間もなく空が陰り、ひらひらと灰が降って来た。大地震だ。大火事だ。それでも支度して会社に行こうとした。と、見知らぬ誰かが路上で、さきほど車で見て来たが、下（須磨駅・板宿方面）は地獄だ、もちろん、バスも走っていない、と言うので、また家に戻った。

停電は、地震後二時間ほどで回復した。電話は通じたので、親戚・友人・知人から引っ切り無しに見舞いの電話が入り、無事を伝えて喜び合った。そうしている間に、電話は不通になった。翌日・翌々日はテレビで市内の惨状を見ながら自宅で待機していた。四日目、会社に電話するも不通で、播磨の工場に電話すると通じた。話で、本社はビルが倒壊して無くなったが、播磨工場の事務所に、仮に移動して仕事を始めている事が判った。自宅から、地下鉄西神線の名谷駅まで自転車で行き、西神中央駅から明石にバスで出て、播磨の工場に行こうとしたが、名谷駅での情報で不可能と判断し、断念した。五日目、前日のルートで何とか播磨工場に辿りつき出社した。

二十三日、ＪＲが西から須磨駅まで開通し、播磨工場へ日常的に通えるようになった。二十四日工事会社の全員が、本社のあった神戸市灘区の六階建て岩屋ビル前に集まり、余震が続く中、半分倒壊し、腰が折れた状態になっていたビル内に時間を限って決死の覚悟で突入し、重要書類や社印等を運び出した。それから、しばらくは神戸近辺の東亜が施工した橋梁が、地震によりどの程度損傷しているか等の現場点検・調査を手分けして行ったり、また、応急的に壊れた橋の落下防止策を夜間工事で行ったりしていた。

3 退職

そんな中、夜間工事の立会を終わった二月十一日の夜、彼は電話で、島本社長に早期の退職を申し出た。退職理由は、ひと言で言えば、以前から思っている事であるが、工事会社は所詮、日陰の存在だという事。こんな非常事態中でも客先に出る時は、東亜の人間として振舞い、蔭では、工事会社の社員でおらねばならない。まるで鵺《ぬえ》のような存在はもうたくさんであった。播磨の仮事務所でも東亜の社員と工事会社の社員は明確に区別され、関係会社から工事会社に出向している社員や、工事会社のプロパーの社員は片隅で小さくなっていた。それは単に雰囲気だけでなく、東亜から工事会社に出向している役員が、自ら「工事会社の人は遠慮せよ」と公然と口にして憚らない。そのような存在の工事会社に嫌気が差した。と言うのが判りやすい理由になるだろう。

彼としては、何も震災に遭遇して、その気になったのではなく、リビアの赴任が終わったら東亜を退職する心算でいた。この事は、リビア滞在中に、既に親しい友人に手紙で真情を吐露しているし、元の土建技術部に戻ってやる仕事に何の魅力も感じ無かった。それが、新会社への出向と言う話に変わっても、もう、今さら「東亜の橋梁」には何の期待もできない、と言う予感がしていた。

それから七年弱、乗りかかった船、馬車馬のように走って、目の前の仕事に没頭してきた。一時、過労からか吐血と下血が重なり、それ以降、無理な残業は止めると彼自身と周囲に宣言した事もあった。その最初の一～二年目頃から早くも、この会社は、このままでは駄目になると自己申告書で明記したが、何も変わらず、三年目には、ダメ押しで、具体的な改革策を提示し、それが駄目なら、彼はこの会社で無駄な時間を過ごしていると言わざるを得ないとまで述べた。その翌年の自己申告書の意見欄は、空白のまま提出し、意見は、昨年と同様であるから、それを見てくれ、とまで記している。

これらの意見を、上司がどのように受け取っていたか、反応が無いので、全く判らないが、少なくとも、その頃から、退職のきっかけを探していた事は確かである。そんな事なら、この新会社への参画をキッパリ断って、リビア赴任終了を退職の機にすれば良かった。要らぬ火中の栗を拾ってしまった、と後悔するが、今、言っても仕方のない事である。この度の大震災が、彼の退職の決意を強力に後押しをしてくれた、と言える。

社長は、彼を路頭に迷わせたくないと退職に反対したが、彼は、逆に会社にいる方が、あと二～三年で出向定年になり、その後、路頭に迷う危険性が大きいと判断した。社長から聞いたのか、思いも掛けずに現れた山田元部長から、何か強引に退職しようとしているな、と言われたが、彼は、定年後に、親会社から転籍した子会社勤務は、いつ辞めても良い、むしろ早く辞めた方が、後進に席を空ける善行になる、決して強引ではない、と考えた。更に、また、久し振りに現れた板垣元常務から、辞めると言っているようだが、もっと社長と話し合ったらどうか？　と忠告されたが、彼は、過去の彼の自己申告書をもう一度見て、判断して下さいと言いたかった。人事筋の岡山氏は、この会社はこれからもっと大きくなる、その手助けをする心算で退職を思い止まらないか？　ときたが、彼は、もう結構です、と言いたかった。杉坂重役は、本当に辞めるの？　と聞いてきた。彼は、もちろん。冗談ではなく、本当だよ、と返事した。東亜本社の人事課長は、随分思い切った事をされますなあ、と言った。彼は、衝動的に決めたのではなく、以前から考えていました、と返事した。部下の藤永次長と山根課長は一緒に来て、もう一度考え直して下さい、と言ったが、彼は、もう、既に決まった事だから、後を宜しく、と返事した。社長とは、その後何回も話し合って、漸く三月七日に、三月末を事実上の退職日と決定した。

彼の退職の話は、これだけでは収まらなかった。彼は、工事会社の経営管理者として役所に届出されており、四月一日以降の後継者が見付からなければ辞められないと言う話が残っていた。

退職日の三月三十一日に社長から初めて新会社の話が出た。人事筋の岡山氏が、会社はこれから大きくなると言っていた事と符合する。その会社の発足が七月一日になった。従って六月末までは、これまでと同様に彼が経営管理者で在籍する必要があるので、その間、四・五・六月は名義料として、月額、現給与の半分に相当する三六万円を彼に支払う。そのため、現行の給与月額約七一万円は、従来通り六月分まで支払うが、三六万円との差額約三五万円は役員退職慰労金を充てる、と言うややこしい話が有り、当方もこれを了承した。また、退職は六月に行われる恒例の株主総会で、任期満了の取締役退任と言う扱いで、経歴には傷が付かないように会社で配慮するとの事であった。

三月末までは、継続して播磨工場に出社した。相変わらずの人手不足で、最後の仕事として、彼自身が直接担当せざるを得なくなったのは、神戸市・新交通・ポートライナーの引込線の、震災被害の補修工事計画書と予算案の作成であった。予算案は神戸市が補修工事を発注する際、見積もる参考予算案であり、受注業者として東亜が、その予算の範囲内で施工するものである。まさに、東亜で最後の最後まで一担当者として現役で勤めたと言える。しかし、これ以上は、もう、結構と思った。

三月末に工事会社の社員に、退職の挨拶をしたいと申し出たが、社長は、自分の勝手な都合で退職する者の挨拶は、社員に変な動揺を与えるとでも考えたのか、それを拒否した。社員に対して、退職の挨拶を行う事を社長が否定することが出来るのか、大いに疑問が残ったが、彼は無理強いしなかった。よって、当然送別会も無く、誰に見送られる事も無く、二十五年間勤めた会社を秘かに去ることになった。

翌四月一日から六月の株主総会までの三ヵ月間は彼にとって不思議な状態の期間であった。実質的には三月末で退職し、何の業務も無くなったが、名目的には工事会社の取締役で経営管理者として在職して給与も支給されているため、別の会社に就職することは出来ない。しかし、現実の彼は、全ての紐帯《ちゅうたい》から解き放たれた、何とも言えない自由で心地よい感じに浸っていた。たまたま四月二日に自宅に来た友人達に東亜を退職したと伝えたが、エイプリルフールと思い、何度言っても本当にしなかった。他の友人とも頻繁に会い歓談し、小旅行にも行った。また、通常時にはとても思い付く事ではなかったが、自宅二階の押入れの天袋から屋根裏に潜り込み、先頃の大地震で緩みが気になっていた家屋屋根組材のボルトの緩みを点検し、締め直しを行ったりした。もちろん妻と北陸の温泉旅行に行ったり、二人では初めての海外旅行である香港にも出掛けたりした。韓国・ソウルや宮崎・鹿児島にぶらりと一人旅を楽しんだりもして、自由で気楽な時を過ごした。そんな中でも、四月の初めには真っ先に、次の就職を考えて大阪の人材銀行に出向き、求職票を記入し登録も行っていた。

工事会社の株主総会は六月二十日に開催され、同時に新会社発足となった。その夕、新会社の役員一同、計二十一名が集う宴会が、市内の料亭であり、彼も招かれて出席した。その最中に彼が、取締役退任の挨拶を行い、宴会を中座して退出した。

新会社の内容について、彼は一切聞いていないし、もはや、その時には何の興味も無かった。後に彼が調べてみると、東亜環境メンテナンス㈱と東亜鉄構工事㈱が合併し、新会社・東亜アイ・イー・テック㈱が誕生したようである。先にも触れたが、もともと東亜鉄構工事㈱という新会社の設立は、親会社の東亜が念願の日本橋梁建設協会の会員に成れたので、継続的に一定量の橋梁工事の受注を見込めるとしての事だった。しかし同協会の資料に依れば、日本全国の国内の鋼製橋梁の受注総量は平成七年（一九九五）度から平成十一年（一九九九）度、五年間の毎年約八十万㌧が最大量で、その後急速に減り始めて、平成二十五年（二〇一三）度には二十数万㌧にまで激減している。そのため、平成七年（一九九五）に合併した新会社・東亜アイ・イー・テック㈱も、平成十七年（二〇〇五）にはこれら公共工事の激減の影響から、設立後僅か十年で敢え無く事業撤退を余儀なくされた。

彼等が昭和四十四年（一九六九）に大和橋梁㈱を辞め東亜に転入社して、細々と始めた東亜の鋼構造物工事事業は、三十六年間の歴史を刻んで、これで完全に終結した。

平成七年（一九九五）の十二月、㈱東亜製鋼所・東京本社から「幾星霜」と言うアルバムが送られてきた。これは本来、管理職者の定年退職式の際、社長の手ずから壇上で頂く物であるが、彼は、丁度その時、海外調査団で旅行中だったことと、定年後の転籍先が東亜直属の子会社であった事から、その子会社を退職する時まで、東京本社で保管されていたようだった。

内容は、東亜各工場の写真が主であるが、巻末に【職場の仲間より心をこめて……】と銘打って、過去の職場の仲間から、退職者に対する謝意等のコメントが記された紙片が張り付けてある。例えば……

・岩成一樹殿　永年に亘る橋梁事業での誠実な御尽力誠に有難う御座いました。御蔭様で会社への貢献度も日々高まって参りましたが、此の度の御退職、残念でございました。今後の御健勝

を祈念致しております。（前・東亜鉄構工事㈱社長・安本照雄）
・いろいろ御苦労様でした。その後も後輩達が頑張っています。新しい道での御活躍を祈念します（東亜鉄構工事㈱社長・島本勲）
・岩成先輩の誠実な仕事ぶりに、何時も教えられました。今後、一層の御活躍をお祈り致します（小原壽一）
・岩成さんの長い間の御貢献に対し、心から御慰労申し上げます。岩成さんとの想い出は、やはりリビアですね。今後とも御健康で活躍されんことを祈ります（筒山洋一）

以下は省略するが、総員八十数名の方々からコメントを頂いた。これらのコメントの謝辞や賛辞を、一〇〇%そのまま受取る訳には行かないが、半分ぐらいは有り難く頂戴したいと彼は思った。

誰に見送られることもなく、東亜を去った彼にとって、それに代わる仲間からの貴重な送辞集として、手元に置いている。

4 給与と賞与そして退職金

東亜鉄構工事㈱時代、七年間余の給与、賞与そして退職金の表―⑬から表―⑮を以下に示す。

収入集計表（表—⑬）

昭和63年（1988年）　東亜鉄構工事㈱　単位：円　（49歳）

月　度	給　与	賞与等	計	再評価率	**再評価額**	備　考
1月						
2月						
3月						リビアより帰国
4月	397,100		397,100	1.226	**486,845**	工事会社に出向
5月	397,100		397,100	1.226	**486,845**	
6月	397,100	1,481,200	1,878,300	1.226	**2,302,796**	
7月	397,100		397,100	1.226	**486,845**	
8月	397,100		397,100	1.226	**486,845**	
9月	397,100		397,100	1.226	**486,845**	
10月	397,100		397,100	1.226	**486,845**	
11月	397,100		397,100	1.226	**486,845**	
12月	397,100	1,511,200	1,908,300	1.226	**2,339,576**	
年　計	3,573,900	2,992,400	6,566,300		**8,050,284**	

平成元年（1989年）　東亜鉄構工事㈱　単位：円　（50歳）

月　度	給　与	賞与等	計	再評価率	**再評価額**	備　考
1月	433,500		433,500	1.226	**531,471**	
2月	440,500		440,500	1.226	**540,053**	
3月	440,500		440,500	1.226	**540,053**	
4月	440,500		440,500	1.226	**540,053**	
5月	453,103		453,103	1.226	**555,504**	
6月	446,500	1,851,500	2,298,000	1.226	**2,817,348**	
7月	446,500		446,500	1.226	**547,409**	
8月	446,500		446,500	1.226	**547,409**	
9月	446,500		446,500	1.226	**547,409**	
10月	446,500		446,500	1.226	**547,409**	
11月	446,500		446,500	1.226	**547,409**	
12月	446,500	1,851,500	2,298,000	1.152	**2,647,296**	
年　計	5,333,603	3,703,000	9,036,603		**10,908,823**	

平成2年（1990年）　東亜鉄構工事㈱　単位：円　（51歳）

月　度	給　与	賞与等	計	再評価率	**再評価額**	備　考
1月	446,500		446,500	1.152	**514,368**	
2月	458,007		458,007	1.152	**527,624**	
3月	446,500		446,500	1.152	**514,368**	
4月	446,500		446,500	1.152	**514,368**	
5月	466,500		466,500	1.152	**537,408**	
6月	466,500	2,121,500	2,588,000	1.152	**2,981,376**	
7月	466,500		466,500	1.152	**537,408**	
8月	466,500		466,500	1.152	**537,408**	
9月	466,500		466,500	1.152	**537,408**	
10月	466,500		466,500	1.152	**537,408**	
11月	466,500		466,500	1.152	**537,408**	
12月	466,500	2,121,500	2,588,000	1.152	**2,981,376**	
年　計	5,529,507	4,243,000	9,772,507		**11,257,928**	

収入集計表（表—⑭）

平成３年（1991年）　東亜鉄構工事㈱　単位：円　（52歳）

月　度	給　与	賞与等	計	再評価率	再評価額	備　考
1月	466,500		466,500	1.152	**537,408**	
2月	486,791		486,791	1.152	**560,783**	
3月	466,500		466,500	1.152	**537,408**	
4月	466,500		466,500	1.099	**512,684**	
5月	498,100		498,100	1.099	**547,412**	
6月	482,000	2,151,500	2,633,500	1.099	**2,894,217**	
7月	482,000		482,000	1.099	**529,718**	
8月	482,000		482,000	1.099	**529,718**	
9月	482,000		482,000	1.099	**529,718**	
10月	482,000		482,000	1.099	**529,718**	
11月	482,000		482,000	1.099	**529,718**	
12月	482,000	2,151,500	2,633,500	1.099	**2,894,217**	
年　計	5,758,391	4,303,000	10,061,391		**11,132,718**	

平成4年（1992年）　東亜鉄構工事㈱　単位：円　（53歳）

月　度	給　与	賞与等	計	再評価率	再評価額	備　考
1月	487,400		487,400	1.099	**535,653**	
2月	482,200		482,200	1.099	**529,938**	
3月	482,200		482,200	1.099	**529,938**	
4月	482,200		482,200	1.069	**515,472**	
5月	504,200		504,200	1.069	**538,990**	
6月	528,616	2,102,100	2,630,716	1.069	**2,812,235**	
7月	495,000		495,000	1.069	**529,155**	
8月	493,200		493,200	1.069	**527,231**	
9月	493,200		493,200	1.069	**527,231**	
10月	493,200		493,200	1.069	**527,231**	
11月	498,400		498,400	1.069	**532,790**	
12月	429,200	2,067,100	2,496,300	1.069	**2,668,545**	
年　計	5,869,016	4,169,200	10,038,216		**10,774,407**	

平成5年（1993年）　東亜鉄構工事㈱　単位：円　（54歳）

月　度	給　与	賞与等	計	再評価率	再評価額	備　考
1月	493,200		493,200	1.069	**527,231**	
2月	493,200		493,200	1.069	**527,231**	
3月	493,200		493,200	1.069	**527,231**	
4月	493,200		493,200	1.046	**515,887**	
5月	507,200		507,200	1.046	**530,531**	
6月	500,200	1,922,100	2,422,300	1.046	**2,533,726**	
7月	500,200		500,200	1.046	**523,209**	
8月	500,200		500,200	1.046	**523,209**	
9月	500,200	14,900,000	15,400,200	1.046	**16,108,609**	東亜退職・退職金
10月	715,333		715,333	1.046	**748,238**	工事会社に転籍
11月	708,333		708,333	1.046	**740,916**	
12月	708,333	1,520,000	2,228,333	1.046	**2,330,836**	
年　計	6,612,799	18,342,100	24,954,899		**26,136,855**	

収入集計表（表—⑮）

平成6年（1994年）　　東亜鉄構工事㈱　　単位：円　　（55歳）

月　度	給　与	賞与等	計	再評価率	再評価額	備　考
1月	708,333		708,333	1.046	**740,916**	
2月	708,333		708,333	1.046	**740,916**	
3月	708,333		708,333	1.046	**740,916**	
4月	708,333		708,333	1.026	**726,750**	
5月	708,333		708,333	1.026	**726,750**	
6月	708,333		708,333	1.026	**726,750**	
7月	708,333		708,333	1.026	**726,750**	
8月	708,333		708,333	1.026	**726,750**	
9月	708,333		708,333	1.026	**726,750**	
10月	708,333		708,333	1.026	**726,750**	
11月	708,333		708,333	1.026	**726,750**	
12月	708,333		708,333	1.026	**726,750**	
年　計	8,499,996	0	8,499,996		**8,763,496**	

平成7年（1995年）　　東亜鉄構工事㈱　　単位：円　　（56歳）

月　度	給　与	賞与等	計	再評価率	再評価額	備　考
1月	708,333		708,333	1.026	**726,750**	
2月	708,333		708,333	1.026	**726,750**	
3月	708,333		708,333	1.026	**726,750**	
4月	708,333		708,333	1.005	**711,875**	
5月	708,333		708,333	1.005	**711,875**	
6月	708,333	765,000	1,473,333	1.005	**1,480,700**	退職・退職金
7月						コンサルタントに転職
8月						
9月						
10月						
11月						
12月						
年　計	4,249,998	765,000	5,014,998		**5,084,698**	

東亜鉄構工事㈱での収入金額・合計	**92,109,209**

（東亜鉄構所の退職金含む）

昭和六十三年（一九八八）から平成五年（一九九三）の九月までは東亜からの出向であるから、給与及び賞与は東亜時代と変わらない。その間、給与はある比率で増加しているが、賞与は会社の業績を反映して必ずしも増えていない。従って年収は再評価率の影響もあるが、横這い気味であった。平成五年（一九九三）九月の賞与欄に示したのが彼の停年退職金である。勤続二十四年で、一四九〇万円（現在換算一五六〇万円）だった。社員の就業規定に依れば、主幹クラス以下の一般職について、定年退職と自己都合退職に分けて、勤続年数とその時の基本給に乗ずる支給率の表がある。従って、予め自分で計算できる。しかし、管理職者には明示されていないので、実際に人事課長から明細書を受け取るまでは判らない。管理職の給与は基本給一本であり、業務給が無いので計算が出来ないのである。一般職と同様に考えて、基本給の五〇％が表示されている支給率（勤続年数満二十四年で六〇・六六ヵ月）に乗ずる金額と仮定して、彼が事前に予想をしていた額（当然、定年退職者として）が、丁度一四九〇万円であった。実際に貰える金額は、この値を最小として、管理職十年余の実績が反映され、それ以上になるものと彼は予想していたが、見事に外れた。額が低いので首を傾げながら、人事課長に金額算出の根拠、あるいは計算式を明示してくれと言った。課長は首を振り、一切お答えできないと言うばかりであった。人事部は、過去十年間の管理職としての彼の働きを全く評価していない（あるいは知らない）のではないかと、憶測したくなるような金額に思えた。課長が電話で席を立ったすきに、応接室に突然、若い人事課員が駆け込んできて、岩成課長の退職金は、何故こんなに少ないのですか？　と無邪気に聞いてきた。途中入社のため、勤続年数が短いからだろうと返事すると、それにしても……？　と、納得しなかった。やはり、十数年前の浅井課長の讒言《ざんげん》に依る減点分が、その時まで消えずに残っていた証拠かも知れない。一方、冷静に考えると、基本給そのものが管理職として決められた金額であり、その中に管理職としての業績分が含まれていると考えると、勤務成績が可・不可無しの普通とすれば、その程度で納得すべき額と言えるのかも知れない。とにかく、周囲に比較できる人がいないため何とも言えないのかも知れない。彼が勤務成績の反映に拘《こだわ》った訳は、その年の五月、従業員退職金規定細目の一部が改正され、〈一般職（技師、主査以上及び同等の社員）の停年退職者にして勤務成績が優良であった者に対しては、功労加算として「退職時基本給の二・二三ヵ月ないし二二・二三ヵ月」分の退職金を加算する〉という規定が出来ており、加算の上限を見ると無視できない高額が見込まれていたからであった。

平成五年（一九九三）末の賞与は、期間相当分が五ヵ月となるため、前期実績一八二万円の六分の五で一五二万円（現在換算一六〇万円）であった。

平成五年（一九九三）十月以降約二年間は東亜を定年退職して工事会社に転籍の身分となった。以後、当然賞与はなくなったが、給与は基本給七〇万円余り一本と変わった。平成六年（一九九四）の年収欄で示された通り八五〇万円となり、定年直前より二〇％余り低くなった。

工事会社の役員としての退職慰労金は、一八一万円であった。事実上は三月末で退職していたので、六月末には四・五・六の三ヵ月間、経営管理者としての名義料と共に恰《あたか》も給与の如く充当した退職慰労金の一部金額を差し引いて、残金七六万五〇〇〇円が支払われることになった。まるで中国宋の狙公《そこう》の故事に言う【朝三暮四】であった。

第四章　コンサルタント会社、模索時代

第一節　コンサル会社への志向

リビアにいる時から、この仕事が終わったら、東亜を退職し、新たな仕事に就きたいと彼は考えていた。それが、心ならずも東亜の新工事会社に移ることになり、七年間の寄り道をしてしまった。もう、満五十六歳になっていたが、まだまだ五十六歳、これからだという感じでいた。新たな仕事とは、具体的には建設コンサルタントであった。従来の仕事を通じて感じたのは、客先から受注した橋梁工事の設計内容で、現場施工を知らない、不適切な構造や不可能な施工法が採用されているものが多くあり、受注業者として、その見直しや設計変更に、多大な労力を要する事を何回も経験してきた。これを少しでも糺《ただ》すために、彼がコンサルに入り、技術者を実務経験者の立場から、教育・指導できるのではないかと考えた。そのためには、コンサル業界で必須の技術士の資格ではなく、一級土木施工管理士の資格があれば十分と思っていた。

先ず、自分自身の力で新しい職場を見付けるため、大阪の人材銀行に行き、求職の登録をした。【求職カード】に記載した、職務経歴とセールスポイントは下記の通り。

〈大和橋梁㈱では、鋼橋現場工事の架設計画、積算・見積、施工管理を行うと共に、架設の新工法（PCT工法）の開発にも関与した。その後、鋼橋業界への新規参入を目指す㈱東亜製鋼所に入り、上記業務を継続すると共に、設計・製作面でも社内で指導的立場を果たした。また、長大吊橋のケーブル工法（PWS）IBグレート床版、新型橋梁等の開発、現場施工管理も担当した。さらに、土木建築一式工事や鋼構造物工事の現場責任者も歴任した。昭和五十六年（一九八一）から約七年間は、アフリカ・リビアの製鉄プラント土建工事業務に専念し、その間、三年半は現地にて直接工事管理業務を行った。

新会社（東亜鉄構工事㈱）には発足と同時に出向して、鋼橋の現場工事全般の責任者として、特に工事費の積算・予算管理に注力、平成六年（一九九四）六月より同社の経営管理者を務めている。鋼橋を主として土木全般から建築工事まで、工事計画から積算・見積、現場施工管理まで、幅広く豊かな経験を有し、数々の開発業務にも従事して、常に指導的な責任者の立場を真摯に務めてきた。英語力（読み、書き、聞き、話す）もある程度ある。と言うのが私のセールスポイントである。但し書き、平成七年（一九九五）六月までは離職できませんので、それ以降の職を求めます〉

希望適職を、最初、コンサルタントに限定せず、土木全般で経営管理とし、希望賃金を、年収六〇〇万円、月収五〇万円としていた。

人材銀行に登録した直後から、多くの建設会社から面接希望が相次いで来た。しかし、内容を聞いてみると、現場に出張しての施工管理が多く、彼の希望に合致せず、面接を辞退した。

事実上、三月末で退職したと言っても、元の会社からは、特に彼の後任である藤永工事部長から、電話で業務内容の問い合わせが頻繁にあった。震災の直前に工事を完了した、東京湾横断道路（アクアライン）のジョイントベンチャー工事では、ＪＶ各社の精算に関して、電話では話すのは無理と、出社して関係者と協議・打合せしたし、神戸市新交通の引込線の補修工事についても出社し、担当者と打ち合わせた事もある。そんな煩わしさを避ける意味もあり、前記したようによく旅行に出かけた。妻は、間もなく彼が無職となる事を全く気にしていないように見え、今迄どおり大阪の保育所勤務を続けていた。

第二節　㈱阪神工業所

1　入社

そんな五月中頃、大阪の人材銀行とは別に、地元神戸の日本工業技術振興協会にも求職登録をしていたが、そこから、大阪の会社の引合いが有り、海外案件の技術指導の予定があるコンサルを紹介された。その後、何回かのやりとりを行い、六月二十九日、㈱阪神工業所で面接が行われ、七月五日彼は採用となり入社が決定した。

平成七年（一九九五）七月十日に入社した所は、各種の非破壊検査を主とする検査会社である。所在地は大阪市福島区鷺洲であった。三年前に建設コンサルタント部門を立ち上げ、これからコンサル業務も事業の柱としようとしている、従業員約一二〇名の中堅企業であった。岸本事業部長は、橋梁ファブリケーターの春本鉄工所の設計部門から当社に転職してきた経歴の持ち主であった。岩成は主査として入社し、三ヵ月間の試用期間を経て十月十日から、いきなり事業部長代理としての辞令を受けた。

同社社内誌の社員紹介欄に載せた彼の入社挨拶は、下記の通りであった。

〈阪神工業の皆様、初めまして！　私はこの度、当社に入社し、コンサルタント事業部に配属されました。今まで大和橋梁㈱、㈱東亜製鋼所、東亜鉄構工事㈱とメーカー及び工事会社で計三十三年余り勤め、主として鋼橋・鋼構造物等の工事に従事して来ました。先頃に阪神大震災で前の会社の本社ビルが全壊となり、それを契機に同社を自ら退職致しました。

希望する再就職先は、今までのような会社でなく、コンサルタント会社でしたが、単にコンサル業務だけでなく、非破壊検査や各種計測業務と言う、会社創立以来培ってきた強い武器を持っている当社の事を知り、惹かれました。今後、益々市場の拡大が予想される橋などの構造物の点検・維持補修工事で、当社の活躍する舞台はより大きくなると思います。発足後間もない当事業部で過去の経験・知識を活かして、その発展に寄与でき、ひいては当社の実績に加担出来るよう頑張りたいと思います。どうか、宜しくお願い申し上げます〉

給与は、交通費補助を除いて、試用期間は月額四〇万円で、十月からは五一万円と、彼の希望値が叶えられた。

それから暫くして神戸市須磨区の自宅から通勤する阪神電車の車中で、偶然、前の会社の杉坂取締役と出会った。通勤途上と言う彼に、杉坂氏は、（退職の後は）悠々自適とは行きませんか？と尋ねて来た。彼は、まだまだやり残した事が有るので……と返事した。

2 業務

入社直後から、大阪市港湾局が管轄する市内の橋の震災影響調査を主として、橋梁の案件が多くあった。阿波座から船に乗って、道頓堀川に架かる戎橋の現況調査や、堂島大橋の調査も行った。また、㈱近代設計事務所から受注した新御堂筋高架橋の橋脚耐震補強工事に伴う詳細設計業務を担当し、橋脚沓座拡幅に関する資料をまとめたりした。

そうこうしている十月に、韓国現地で営業活動をしている岸本部長から、ソウルで、橋梁製作の現地指導を行ってきたが、前任者の松尾橋梁㈱の担当者の任期が十一月下旬で切れるので、後任の適材を探せと言う要求が出てきた。因みにこの橋の設計には岸本部長が関係したとの事。

橋梁は、ソウル市が施主の西江大橋（橋梁形式・ニールセン・ローゼ桁橋、橋長約一五〇〇メートルの内ニールセン橋は支間一五〇メートル、幅員三四メートル、鋼重約三〇〇〇トン）注文主・現代建設㈱、業務内容・製作、仮組、地組、架設の技術指導、業務場所・仁川の工場及びソウル・漢江の河川敷等と業務内容を明記した【技術員・海外派遣業務・条件書】を作成した。それを彼の心当たりの日本鋼管㈱、日本鋼管工事㈱、川重工事㈱等に送り、適当な人材の紹介を求めたが、協力会社まで範囲を広げて探した結果、一人も見付からないと返事があった。

韓国に技術員を派遣する話は、入社前の打合せ時に有ったが、彼がその技術員の後方支援と現場打合せ時に同席すると言う条件で合意していた。現実はこの通りにならず、適当な人が見付かるまでの当面の間、彼が代わりを務める事を決心し、彼の英文の履歴書を作成し、現代建設の意向を打診したところ、応諾の返事があった。よって、平成七年（一九九五）十二月十二日韓国・仁川に向け一回目の出張に出かけた。

③ 韓国での技術指導・退職

韓国側は、出来れば連続して駐在することを希望したが、当方との兼ね合いで、最低一週間おきの滞在となった。彼の韓国出張は。翌年二月末までの間に計六回出張し、滞在日数の合計は四十一日間になった。この間に行った技術指導の内容の内、書面で示した物のみを列挙すると、二十件に上った。

これらの指導の中には、西江大橋だけでなく、韓国南部の離島・巨済島に架ける橋の事や先頃、事故で落橋した聖水大橋の件でも技術的な見解を求められた。

そして、現場を去る最後に、口頭で、桁端部のソールプレートの孔径が、支承上部の凸部の直径と合わないと指摘した時は、製作現場は蜂の巣をつついたように大騒ぎになった。それもその筈、もし、このまま現地に運び架設しようとしても、その孔径と支承凸部直径が合わないと、重さ三〇〇〇トンの橋体を吊上げたまま修正するしか無いが、それは不可能に近い。この事だけでも、技術指導者として彼に来て貰った価値があったと、製作担当の明課長は大いに喜び、感謝していた。

発注者・ソウル特別市と受注業者・現代建設㈱の間に、コンサルタントとして韓国総合技術開発公社が介在していた。そのコンサルの技術担当として、日本から長大橋技術センターの関本技師が派遣されていた。ソウル市役所での会議時には、彼も呼ばれて行き、関本氏と顔を合わせて議論した。当方には白《ペク》さんと言う女性の通訳が付いていたので、日本語で話が出来た。白さんは工場でもずっと一緒に行動した。将来は、日本語をもっと勉強して、その特技を活かして、日本人旅行者の案内役になりたいと言っていた。彼女の夫は、現代自動車に勤めるエリート社員で、ソウル市内の高級マンションに住んでいた。

現地での労働条件は、就業時間：冬季は朝まだ暗い午前八時～午後五時半。宿は、仁川駅に近い丘の上のオリンポスホテル（所在地・大韓民国・仁川広域市中区港洞街）で、朝夕の食事は、ホテルでお好みの物を無償提供、昼食は工場の社員食堂で無償提供される。ホテルでの食事は、レストランは、韓国風や洋食もあった。または、ホテル構内の中華料理店、日本食料理店でも、彼はサインするだけで利用できた。食事時の飲酒も現代持ちであった。ホテルと工場間は、朝夕、会社の車で送迎してくれた。工場での指導は、必ず通訳を通して話す必要があった。通訳の白さんはソウル郊外の自宅から二時間半かけて通勤しているので、午前十時出社となっていた。

真冬の仁川は寒い。雪は粉雪で、地上に落ちても融けない。風が吹くと地上からも吹き上がって来る。現代建設から支給されないので、現地で調達した自前の防寒着で、工場製作中の橋体を見て回っていた。製造部の若い社員は、軍隊経験があるためか、皆さん礼儀正しい。何かしてやると「コマスッムニダ！」（ありがとうございます）と敬礼して挨拶する。昼休みに部の連中と一緒に行く、社員食堂の昼食は、当然の事ながら、韓国料理のみで、何でも辛いので最初は閉口したが慣れれば美味しく感じるようになった。また、退社時に、時には明課長《ミョン》を入れて五～六人が一緒になって、夕食を共にする事があった。本場のお好み焼きや参鶏湯《サムゲタン》など、韓国の酒「眞露《ジンロ》」を飲みながら、或いは、刺身でビールを飲みながら、楽しく過ごした。勘定は、決して割り勘にせず、だれか一人が手を挙げて、全ての勘定を一人で負担するのが常識になっていた。彼に、番が回って来る時も有った。この様に和気藹々《わきあいあい》で仕事が出来たが、ある時、彼が、やはり竹島は日本の領土だと口を滑らすと、白さんを含めて周りの連中が、さっと彼を取り囲み、口々に「何を言うか！」とばかりに詰め寄って来て驚いた事もある。

　平成八年（一九九六）三月一日、辞表を出して、㈱阪神工業所を退職した。理由は、後任が見付からないので、その後は、架設完了予定の五月末頃まで、現場に常駐してくれと言う、会社の勝手な要求を受け入れなかったためである。明らかに契約時の約束を反故にした不法な要求であった。在籍期間は僅か八ヵ月であった。この巨大な西江大橋の架設を、ソウルの中心、漢河《ハンガン》の中洲（汝矣《ヨイ》島《ド》）の国会議事堂の脇で、直接指導出来なかった事は、彼にとってまことに残念であった。

4 給与と賞与

同社在籍期間中の給与及び賞与を表—⑯に示す。役職者は下から主任代理、主任心得、主任と続き、彼は事業部長代理という大層な役職が付いたが、役職手当は月額八〇〇〇円であった事から見ると、課長代理程度の役職であった事がわかる。定年は六十歳であったからまだ賞与は支給された。この給与ベースから推定する年収は、約八五〇万円程度とおもわれた。同社は小企業ながら創業三〇年の歴史ある会社であり、就業規則もしっかりしていた。止むを得ない事情があったにせよ、契約違反がなければ続けて勤務したい会社であった。

収入集計表（表—⑯）

平成7年（1995年）　㈱阪神工業所　単位：円　（56歳）

月　度	給　与	賞与等	計	再評価率	**再評価額**	備　考
1月						
2月						
3月						
4月						
5月						
6月						東亜工事を退職
7月	177,500		177,500	1.005	**178,388**	阪神工業に入社
8月	439,127		439,127	1.005	**441,323**	
9月	440,292		440,292	1.005	**442,493**	
10月	540,292		540,292	1.005	**542,993**	
11月	540,292		540,292	1.005	**542,993**	
12月	540,292	1,090,000	1,630,292	1.005	**1,638,443**	
年　計	2,677,795	1,090,000	3,767,795		**3,786,634**	

平成8年（1996年）　㈱阪神工業所　単位：円　（57歳）

月　度	給　与	賞与等	計	再評価率	**再評価額**	備　考
1月	512,000		512,000	1.005	**514,560**	
2月	512,000		512,000	1.005	**514,560**	
3月	512,000		512,000	1.005	**514,560**	同社を退職
4月						
5月						
6月						四和コンサル入社
7月						
8月						
9月						
10月						
11月						
12月						四和を退職
年　計	1,536,000	0	1,536,000		**1,543,680**	

㈱阪神工業所での収入金額・合計	**5,330,314**

第三節　就職活動

1　技術士受験を志向

㈱阪神工業所を退職する前から、コンサルタントで仕事をする以上は、一級土木施工管理技士の資格だけでなく、やはり、技術士の資格を目指すべきと心変りしていた。そのため、阪神工業の退職とほぼ同時、平成八年（一九九六）三月初め、大阪科学技術センターで開催される技術士セミナーの申込みを行い、同月末に技術士受験の申込みを行った。

セミナーは八月の技術士試験直前まで行われた。

2　就職活動

技術士受験準備と並行して、この時期彼は就職活動に最も注力した。まず、大阪人材銀行に求職者として再登録すると共に、私企業の人材紹介業者、㈱リクルート人材センター、㈱日本アシスト、

㈱日本マンパワー等にも求職登録を行った。一方、技術者募集を公表している㈱建設技術研究所、㈱エース、日本鋼弦コンクリート㈱などの企業に個人で直接資料を送付して、東京や京都に積極的に面接に出掛けたりもした。日本鋼弦は東京だけでは決められず大阪支社での面接も行い対応が遅れたため入社には至らなかった。

第四節　四和コンサルタント㈱

1　入社

結局、平成八年（一九九六）五月十日、大阪人材銀行から紹介された大阪の四和コンサルタント㈱の面接試験を受け、六月一日に入社と決定された。

四和コンサルタント㈱は資本金四〇〇〇万円、従業員約一二〇名の中堅コンサルである。彼の配属先は大阪支店で所在地は、大阪市北区西天満であった。役職名は技術部部長である。支店長は安岡常務で、副支店長として彼より七〜八歳年上の松山氏がいた。職務は、会社から派遣されている施工管理員の管理と設計業務の補助となっていた。六月には梅田で、大阪近辺のお役所に勤める十五名の施工管理員を集めて、顔合わせの親睦会を行った。

四和コン入社直後も、彼は休暇を取り六月十四日〜十六日、自費で韓国・ソウルに行った。四月に妻と韓国に行った時、以前、技術指導で出張した際の、通訳であった白さんに電話して、西江大橋の架設の予定を調べていた。今回は、その橋体がソウル漢江の所定位置に架けられた状態をどうしても彼の目で見たくなり現地に行った。白さんを通じて、ソウル市役所や現代建設の現場事務所

写真―⑬　西江大橋（韓国・ソウル、1996）

にも連絡してくれていたので、現場の橋の上まで、白さんと一緒に立ち入る事が出来た。写真―⑬は、その時撮影したものである。

四和とは給与は、年収六〇〇万円、月額五〇万円で契約した。各々の派遣先で何か問題が起きない限り、月一回の各地のお役所での会議出席以外は、設計業務も忙しくないので、事務所にいてもする仕事は殆んど無く、閑だった。

2　韓国での業務を営業

平成八年（一九九六）九月七日夜、韓国のあの通訳の白さんから、思いも掛けず彼の自宅に電話が入った。用件は、この六月に自費で韓国ソウルに行った時、彼女から聞いていた新巨済大橋の製作に関する技術指導の正式な要請であった。出来れば彼個人の契約として韓国に来てくれないかとの要望であったが、それは無理で、会社間の契約にするのなら検討すると返事した。早速会社から、当時の製造部の明課長と和文や英文の手紙やＦＡＸでやり取りした後、派遣単価を仮定し、実行予算案を作成した。さらに、当方の契約者を安本支店長とする技術指導契約書（素案）を作成して、支店長と協議した結果、彼は十月一日に韓国に出張する事になった。

打合せの現場は、韓国・忠清南道・端山市の現代建設㈱大山工場であったが、ソウル空港から現場まで約二〇〇キロ、高速道路を経由して、現代の乗用車で約四時間かかった。

新巨済大橋は、韓国南部にある離島に向けて、本土から架ける橋である。橋長は、六径間連続鋼床版箱桁橋だけで七二〇メートル、総幅員二〇メートル、総鋼重七二〇〇トンと言う長大橋で、製作期間は約一年半と予定されていた。業務の派遣者は、客先の指名により、彼・岩成としていた。派遣は常駐ではなく月に十日〜十二日程度として、現代は宿泊所と食事三食を無償で支給すると言う条件であった。

打合せの焦点は派遣費用であった。渡航費は、当方の提示額は一回あたり、最低一二万八〇〇〇円、希望は一五万円であった。派遣員の日額単価は、一三万四四〇〇円と見積もっていた。渡航費は実費に近くて問題ないが、派遣員の日額単価は、当方の基準は、建設省・日本道路公団が、主任技師級に採用している標準日額を提示した。これらについては即答無く保留とし、後日返事を貰う事にした。

その後、すぐには返事が無く、当方から督促して、ようやく十一月七日に、派遣員の日額単価が高いので、この話はこれで終わると返事が有り、この業務の受注は無くなった。

日額単価については、彼から事前に支店長にも、先に阪神工業から行った時は、日額八万円であった。阪神工業は採算を度外視して、実績造りを主に考えて、この単価で契約していた。当社もそれを考慮して、多少高い程度の単価を提示すべきである。また、実行予算で純利益を、三〇％も取る事はないのではないか？　と進言したが、受け入れられなかった。

3　退職

問題は、これだけではなかった。彼が報告した出張旅費精算が問題となった。四和コンサルには海外旅費規定が無かったので、彼が阪神工業の規定を支店長に見せて、日当と宿泊料は国内の旅費規定を準用する事にし、海外出張に付きものの支度料は、初回一〇万円として、一年間有効とした。すなわち一年間に何回出張しても支度料は再度支給されないという意味。そして、会社としての海外旅費規定は早急に作る、と打ち合わせた。帰国した翌日、彼は旅費精算書を作成して、支店長経由で東京本社総務部に送った。なかなか返事が来ず、ようやく、十月二十三日付けの総務部長の見解が、支店長に出された。それには、韓国は海外出張と言えない程近い国である。支度料など要らないのではないか、せいぜい一万円が妥当である。一年間有効として一〇万円と話したのであれば、十二で割って八三三三円で精算したらどうか？　と言うもので、全く、呆れ、驚いた。その上、今回の出張の宿泊料は先方負担ではなかったか、と当方の精算書を疑ってきた。客先負担は技術員を派遣契約した場合の話であって、業務発注のお願いの話に行った営業的な出張に当てはまるものではない事さえ判らない人らしい。また、支度金の分割支給と言う話は聞いた事がない。

これらの疑問点を支店長にぶつけるも、完全に無視された。常務取締役として彼と出張前に協議した内容を全て忘れて、総務部長の言う通り、支度金の余り九万円を返却せよと主張した。まさに、後出しジャンケンである。

さすがの彼も、こんな会社にいる訳にはいかないと十一月十八日辞表を出し、後任者に業務を引き継ぎ、関係客先に挨拶して、十二月九日付けで退職した。同社に在籍した期間は僅か六ヵ月余であった。

この出張で、彼が現代建設から聞いた話であるが、この年の二月五日、李工場長から彼個人に対して、三月以降も引き続いて技術指導してくれと要望があり、当方が個人としては受け入れられないと断った、その後、現代建設は改めて彼が以前勤めていた阪神工業所に、その後の指導者の引合いを出したが、同社から、適当な派遣者が見付からず、継続派遣の話は立ち消えになった経緯があったようだ。その上で、今回の話、彼は個人的には受け入れる事が出来ず、会社間は破談になったが、彼を指名して、別の大きな橋・新巨済大橋の製作の技術指導を要請された事は、前回の西江大橋の指導内容が、適切だったと受け取られていた事にもなり、彼にとって技術者として大変嬉しい話であった。

四和コン退社後、建設コンサル最大手の㈱長大や日本工営㈱にも手紙を出し、面接を求めた。日本工営には、翌年の二月に東京本社で面接を受けた。両社とも海外工事の管理を行っており、彼のような人材を、必要としている事はよく判ったが、彼自身が海外の現場に出向き、施工管理に直接従事しない事を問題視し、採用の話にはならなかった。平成九年（一九九七）彼は満五十九歳になる。海外に単身赴任し技術指導業務に従事するには歳を取り過ぎたと判断したようである。ここにきて彼にとって東亜の工事会社での七年間が無駄であったと改めて惜しまれる所以である。

4　給与

四和コンサルタントで受け取った給与を表―⑰に示す。特記する事は何もない。

収入集計表（表—⑰）

平成8年（1996年）　　四和コンサルタント㈱　　単位：円　　（57歳）

月　度	給　与	賞与等	計	再評価率	再評価額	備　考
1月						
2月						
3月						
4月						
5月						
6月	500,000		500,000	0.993	**496,500**	入社
7月	500,000		500,000	0.993	**496,500**	
8月	500,000		500,000	0.993	**496,500**	
9月	500,000		500,000	0.993	**496,500**	
10月	500,000		500,000	0.993	**496,500**	
11月	500,000		500,000	0.993	**496,500**	
12月	428,227		428,227	0.993	**425,229**	退職
年　計	3,428,227	0	3,428,227		**3,404,229**	

四和コンサルタント㈱での収入金額・合計	**3,404,229**

第五章　㈱ナイトコンサルタントの時代

第一節　入社

平成九年（一九九七）二月七日、技術士合格通知を受取った。早速この資格をぶら下げて、面接・入社を目指して向かったのが、岡山の㈱ナイトコンサルタント本社であった。事前の調査では、当時、この中堅大手のコンサルは、技術社員数の割に、技術士の数が、他の同レベルのコンサルに比して、目立って少なかった。

人材銀行や民間の人材紹介業者を通さずに個人として直接アポイントも取らずに、二月二十日、岡山の本社に無謀にも飛び込んで、面接を要求した。相手も驚いた事と思うが、幸い副社長が直々に面接してくれた。履歴書を手渡して、正直に技術士は合格したばかりと伝え、もし、新幹線通勤が出来るのであれば、神戸からこの本社に通勤すると話した。五日後、本社に呼ばれて、その場で採用が決まった。㈱ナイトコンサルタントへの入社日は四月一日と決まった。

同社は資本金約一五億円、従業員は、技術社員五六〇名、事務社員一四〇名、計約七〇〇名の中堅大手の建設コンサルタントであった。西日本中心に、岡山に本社を置き、四支社、十三支店、三事務所を擁していた。ところが技術士は三十数名しかおらず、鋼構造及びコンクリート部門では、僅か一名しかいなかった。

入社時の彼の肩書は、本社・技術本部（神戸駐在）で職名は技師長、社員資格は八等級相当との辞令を頂戴した。給与の処遇は、諸手当込みで、月額六五万二〇〇〇円であった。以後の辞令で、平成十年（一九九八）四月一日に、所属・神戸支店技術二部・部長兼本社技術本部技師長、平成十一年（一九九九）四月一日に、所属・職名は変わらず、本社技術本部技術開発部技師長兼務を解くとなり、平成十二年（二〇〇〇）六月一日に神戸支店・技術部・技師長となった。

給与は、毎年六月に改訂されるが、平成九年（一九九七）六月より、月額六六万二〇〇〇円、平成十年（一九九八）六月より、六七万八〇〇〇円、平成十一年（一九九九）六月より、七五万三〇〇〇円と順調に昇給された。月額給与以外に、彼の歳でも賞与（夏・冬の臨時給与）が支給され、年額三〇〇万円ほどになった。このため、平成十年〜十一年の二年間の年収は東亜時代の最大値と変わらず一〇〇〇万円を優に超えていた。

彼が配属された神戸支店は、当時、神戸市内の支店ビルが、震災で壊れて建替え中であり、明石城の北側にあった倉庫状の建物に仮住まいしていた。所在地は神戸市西区玉津町新方で、ここへJR明石駅からバスで通っていた。しかし、四月十一日には、支店ビルが竣工して、社長も出席した祝賀会があり、二十五日には新事務所に引っ越した。所在地は、神戸市兵庫区下沢通で市営地下鉄の湊川公園駅からごく近く、須磨の自宅からの通勤も楽になった。

六階建ての自社ビルの神戸支店は、一階が車庫、二階が営業と支店長席、応接室、三階は水工課、土工課、四階が構造課と技師長席、五階が技術部長席と測量課、六階が会議室と五十数名の社員が、比較的ゆったりした机の配置で勤務していた。また、何より新築したてのビルは気持ちが良かった。支店の社員数は、大阪支店とほぼ同数で、近い内にどちらかが支社に昇格するとの噂も出ていた。

第二節　業務内容

最初の一年間は、彼は神戸支店に駐在している本社技術本部の技師長と言う立場であるため、沢技術部長の隣の席で、全社的な研修の準備や資料集め、各支店の専門案件に対する業務審査や照査業務に関わっていた。七月には、本社で構造関係の技術者を集めて、講演した。内容は、平成五年（一九九三）に彼が、欧州橋梁調査団に参加した時に担当した、ドイツ・ライン川に架かる二十七橋の歴史と設計の意図及び現状を写真入りでまとめた教材を使い、一時間半説明した。当然、ハリウッド映画で有名になった、番外の「レマゲン鉄橋（ルーデンドルフ橋）」についても、第二次世界大戦中に連合軍とドイツ軍との間で争奪戦があり、連合軍が占拠して大軍を西側に渡り終わせた後、修理中に落橋したまま現在に至っているとして説明した。また、研修会とは、若手技術者が担当している業務の説明を聞きながら、適時に質問したり、アドバイスを与えたりして講評する事であった。そのため、早くも五月下旬からは、山口支店、徳島支店に出張し、引き続いて広島支店、岡山本社、大阪支店、高知支店と年内には、全ての支店に出張する事になった。

これらの業務内容・実績は、全社員（部長・技師長も含む）が毎日、出勤簿に業務内容を時間で分類して記し、業務課に報告する事になっていた。当然、受託業務に関わった場合は、その業務番号に仕分けて時間数を集計し、間接業務は営業・サービス等に分類して、最終的には予算管理上の実績にするという、非常に肌理細かい管理がなされていた。彼が見ても理想的な管理手法であった。神戸支店では、彼が部署毎に直営生産と直営生産効率の目標と実績を比較した図表を作成、支店内会議の度にその乖離《かいり》原因を追究していた。当然、三ヵ月に一回程度、全社の支店長と技術部長が本社に集結した大会議でも、各支店としての目標と実績を報告する反省会もあった。

ＩＳＯ９０００Ｓについても関係し、従来の品質管理規定の実施要領を見直した「社内業務照査（技術審査）手順（案）」を作成し、自身も委員になっている社内のＩＳＯ委員会に提示したりした。設計会社における成果品に対する「照査」は重要で、建設省（当時）制定の「設計業務共通仕様書」に準拠して、彼自身で「設計照査リスト（案）」を作成した。すなわち①初回照査（業務計画作成時）②第一回中間照査（基本条件決定時）③第二回中間照査（細部条件決定時）④最終照査（成果報告書作成時）の各段階での照査項目とその内容を記し、チェック項目を網羅したもので、自ら照査を行う際にも早速適用して、全社的な基準にした。

そのように業務にも慣れ落ち着いて来た十一月十日、以前、彼が在籍していた東亜本社に三田薗部長を訪ねて、或る橋（ＰＣ床版＋鋼主桁橋・儀明川橋）の設計資料を借用に、二年半振りに顔を出した。翌々日、それを返却して、同橋の施工計画資料を借りたくて、新会社の東亜アイ・イー・テック社も覗いてみた。久し振りです、とか、お元気でしたかと言う元の仲間達に挨拶しながら、島本元社長を壁際の机に見付けて、名刺を差し出し挨拶したが、苦虫を噛み潰したような表情で、まともな返事は貰えなかった。彼が東亜の工事会社を退職した当時、「岩成君を路頭に迷わせたくない」と心にもない言葉で、引き止めた同氏は、その後の合併新会社で、専務となったが、社長ではなくなったため、個室ではなく壁際の一般管理職者の机と並んだ席で、漫然としていたようだ。新会社の業績が思わしくなかったのかも知れない。その時、一つ置いた隣の机に岡山部長が座っていた。

翌平成十年（一九九八）の一月頃、岡山君が彼に電話をしてきて、何とかナイトに入社出来るよう取り計らってくれないか、と依頼してきた。東亜では次長級だった彼も、間もなく五十七歳で役職者定年となり、現在新会社に出向中の身は、その後、新会社に転籍になるものの、会社の先行きが面白くない様であった。結局、神戸大学卒で技術士の資格を持っている岡山君に、ナイトも魅力を感じて、その四月一日付けで入社する事になった。彼と同じ、技師長としてであった。この入社を同君は、今後、彼に足を向けて寝られないと言って、非常に感謝していたらしい。

平成十年（一九九八）四月一日付けで、技師長を兼務のまま、彼・岩成は神戸支店の技術二部・部長となった。前任の沢本技術部長は、東京支店の支店長に栄進した。

四月一日、神戸支店の朝礼で、彼は以下のような挨拶をした。

〈皆さんお早うございます。本日より神戸支店、技術二部・部長に任命されました岩成です。昨今の厳しい受託環境の中、そして、組織の部制への変革を行おうという現在、大きな曲がり角に来ている当社に於いて、技術部長という大役を仰せつかりました。また、従来の本社・技術本部・技師長というスタッフ的な役目も兼務する事になっています。しかし、主業務はあくまで当神戸支店の部長職で、その余力の範囲内で、技師長職を務める事になると思います。

ともあれ、この役目は私の経歴から見て、不慣れなコンサルタントのライン業務の管理である為、当面、マゴマゴ、ウロウロする事になると思いますが、技術一部の山岡副部長、上瀬副技師長を始め、一・二部のベテラン管理職の皆様の助けを受けながら、かつて、当神戸支店の技術部長であった経歴をお持ちの韮山新支店長とも相談し、その指示を受けて、伝統あるこの神戸支店・技術部を盛り立てて行きたいと考えております。

まあ、十歳くらい若返ったつもりで、しかし、無理をせず頑張りたいと思いますので、宜しくお願い申し上げます〉

彼が直接受け持つ課は、構造と水工の二つであった。日々の業務管理はそれぞれの課長や課長代理が行うが、東亜の自己申告書と同じように、各員が作成する【チャレンジシート】の面接・内容追跡や、支店の技術部門全体の工程・予算管理や会議の主導も部長の任務であり、従来通り、全国の支店の技術管理を担う技師長職の仕事も重なったため、より一層忙しくなった。

その直後、新入社の岡山技師長に関して、本人の要望もあり、彼を業界の全国的な組織である「構造懇話会」の会員として入会する稟議書を岩成が起案して、本社決済された。この事は遅れ馳せながら、ナイトをコンサル業界中央の舞台に推《お》し上げた事になり、岡山技師長の今後の仕事の柱となる筈であった。

四月から前技術部長席のあった五階と四階の構造課と彼の席を入れ替えたので、岡山技師長の席は、彼の席の隣に設けた。その岡山君が、忙しい時は三つの電話に同時に対応している隣席の彼を見て、首を振りながら感心していた。

ナイト在職中に関係した主な物件を列挙する。山口県・厚狭高架橋、兵庫県・香住高架橋、兵庫県・四三号線遮音壁、滋賀県・朝国高架橋、徳島県・南岸線川上橋、島根県・松江木次線橋、岡山県・菅谷／熊谷跨線橋、岡山県・新小田／椋梨橋、大阪府・槙尾川橋、愛知県・名古屋南高架橋、兵庫県・坂越橋、兵庫県・尼崎閘門、和歌山県・橋本道路中島高架橋、兵庫県・新湊川水害関連、島根県・嫁島高架橋、岡山県・日高港ケーソン、兵庫県・新畑井堰、高知県・長山大橋、広島県・一八六号橋梁、愛媛県・惣川大橋、大阪府・千歳橋、愛媛県・玉津港線橋梁、兵庫県・飾磨橋等々であった。

一方、コンサル会社の常で、退職者も多かった。平成七年(一九九五)度から平成十一年(一九九九)度までの五年間で見ると、女子を除き技術職の男子で、一部嘱託期間満了の高齢者を含んでいるが、それぞれ平成七年・十六名、平成八年・三十名、平成九年・二十八名、平成十年・二十六名、平成十一年・二十名と退職率にして五％近くの者が会社を辞めている。殆どが大卒である。退職の理由は家業の継続としている者もいるものの、公務員や同業他社への転職がかなり多かった。

第三節　退職

そんな中、入社して二年半の平成十一年（一九九九）九月、ナイトの技術士資格者数は五十四名となり、建設コンサルタント業界独自の技術資格「ＲＣＣＭ」の所有者は二〇〇名以上にも増えて、技術者の陣容が整って来た。

その年の六月の市民検診で彼の妻に進行性の胃癌が見付かった。急遽入院し、手術するも経過は思わしくなかった。その年末、彼は会社に退職の時期を伺った。理由は、妻が胃癌にかかり、傍で継続して看病する必要があるとしていたが、支店長も本社の重役連中もまともに取り合ってくれず、どんな形でも良いから会社に残ってくれと引き止め続けていた。会社側は、彼の部長職としての負担が大きいからと勝手に忖度して、平成十二年（二〇〇〇）四月一日から、技術部長職を外して、技師長職のみにする配慮も見せてくれていた。

彼は、同年四月に東亜本社に行き、韓国の仁川新空港に向けて、ソウルからの高速道路で斜張橋のケーブル工事を東亜が施工中の【永宗大橋】の現場見学をさせて欲しいと頼んだところ、快諾された。そして、翌月の二十日、韓国への社員旅行の際、見学を希望した五名の社員を連れて、現場に赴き、現地で管理中の東亜の小糸技師の案内で、施工中の橋をつぶさに見学できた。これを置き土産にして、平成十二年（二〇〇〇）六月三十日に㈱ナイトコンサルタントを退職した。同社での在職期間は三年一ヵ月であった。

この会社で、この間行って来た仕事は、彼が東亜の工事会社を退職する時、まさに想い描いていた業務内容であり、この会社にそのまま継続して勤務する事が最も良かったと思い、道半ばで退職するのは非常に心残りであったが、仕方が無かった。結婚して三十四年になるがその間、業務上で外泊した日数は延べ二九〇〇日、単純に年数に換算しても約八年間、妻の傍を留守にしていた事になる。これ以上会社にいて、病身の妻を残して更に業務出張を重ねることはとても出来ないと考え、躊躇《ちゅうちょ》なく彼は退職を選んだ。最後の最後まで、本社の担当重役や支店長は、前記した中途退職者のように彼が他社に鞍替えするものと疑っていた。しかし、この三年余のナイトコンサルでの仕事は、彼にとってその力を十分発揮できた満足のゆく内容であったと感じている。

彼の妻はその後も二年半余りの闘病生活を強く生き抜き、そして逝った。

第四節　給与と賞与そして退職金

ナイト在籍中、三年余の収入集計表を表―⑱と表―⑲に示す。まるまる在籍した平成十年（一九九八）と平成十一年（一九九九）は年収一一〇〇万円を超えて海外勤務時を除く東亜の最高時より多くなった。コンサル会社で何より重視する技術士の資格手当は月額四万円でさほど高くない。また、役職手当は一〇万円余りであった。

定年は満六十五歳であったが、平成十一年（一九九九）六月より年俸制に移行し、彼の場合、賞与はなくなり、諸手当込みで月額七五万三〇〇〇円になった。その年の十月以降の賞与等欄に記載の金額は年俸制移行時の調整給である。

在籍年数が僅か四年余でも退職金が出た。算出根拠は忘れたが、金額から見て基本給の一ヵ月程度であった。

生涯収入金額には直接関係しないが、同社は持株会への投資を推奨していて、彼の投資金は精算されて約一七〇万円が返金された。

業務の内容だけでなく、給与などの処遇でも彼自身が納得のいく内容であった。

収入集計表（表―⑱）

平成9年（1997年）　㈱ナイトコンサルタント　単位：円　（58歳）

月　度	給　与	賞与等	計	再評価率	再評価額	備　考
1月						
2月						
3月						
4月	675,480		675,480	0.980	**661,970**	入社
5月	669,990		669,990	0.980	**656,590**	
6月	679,190	1,220,800	1,899,990	0.980	**1,861,990**	
7月	679,190		679,190	0.980	**665,606**	
8月	679,190		679,190	0.980	**665,606**	
9月	679,190		679,190	0.980	**665,606**	
10月	679,190		679,190	0.980	**665,606**	
11月	679,190		679,190	0.980	**665,606**	
12月	679,190	1,707,300	2,386,490	0.980	**2,338,760**	
年　計	6,099,800	2,928,100	9,027,900		**8,847,342**	

平成10年（1998年）　㈱ナイトコンサルタント　単位：円　（59歳）

月　度	給　与	賞与等	計	再評価率	再評価額	備　考
1月	679,190		679,190	0.980	**665,606**	
2月	679,190		679,190	0.980	**665,606**	
3月	679,190		679,190	0.980	**665,606**	
4月	679,190		679,190	0.968	**657,456**	
5月	679,190		679,190	0.968	**657,456**	
6月	695,190	1,230,800	1,925,990	0.968	**1,864,358**	
7月	695,190		695,190	0.968	**672,944**	
8月	695,190		695,190	0.968	**672,944**	
9月	695,190		695,190	0.968	**672,944**	
10月	695,190		695,190	0.968	**672,944**	
11月	695,190		695,190	0.968	**672,944**	
12月	695,190	1,704,500	2,399,690	0.968	**2,322,900**	
年　計	8,262,280	2,935,300	11,197,580		**10,863,708**	

平成11年（1999年）　㈱ナイトコンサルタント　単位：円　（60歳）

月　度	給　与	賞与等	計	再評価率	再評価額	備　考
1月	695,190		695,190	0.968	**672,944**	
2月	695,190		695,190	0.968	**672,944**	
3月	699,150		699,150	0.968	**676,777**	
4月	695,190		695,190	0.967	**672,249**	
5月	695,190		695,190	0.967	**672,249**	
6月	780,490	1,220,900	2,001,390	0.967	**1,935,344**	年俸制に移行
7月	780,490		780,490	0.967	**754,734**	
8月	780,490		780,490	0.967	**754,734**	
9月	780,490		780,490	0.967	**754,734**	
10月	769,690	313,269	1,082,959	0.967	**1,047,221**	
11月	771,190	830,000	1,601,190	0.967	**1,548,351**	
12月	771,190	284,936	1,056,126	0.967	**1,021,274**	
年　計	8,913,940	2,649,105	11,563,045		**11,183,554**	

収入集計表（表―⑲）

平成12年（2000年）　　㈱ナイトコンサルタント　　単位：円　　（61歳）

月　度	給　与	賞与等	計	再評価率	**再評価額**	備　考
1月	782,190		782,190	0.967	**756,378**	
2月	772,190		772,190	0.967	**746,708**	
3月	795,190		795,190	0.967	**768,949**	
4月	771,190		771,190	0.967	**745,741**	
5月	771,190		771,190	0.967	**745,741**	
6月	771,690	554,690	1,326,380	0.967	**1,282,609**	退職・退職金
7月						
8月						
9月						ヒカリコンサル入社
10月						
11月						
12月						
年　計	4,663,640	554,690	5,218,330		**5,046,125**	

㈱ナイトコンサルタントでの収入金額・合計	**35,940,729**

第六章　建設コンサル会社、彷徨時代

ナイトコンサルを退社して以後、彼は今日まで十九年間に八社のコンサルを彷徨《さまよ》い歩いてきた。何れも彼の意図した通り非常勤で勤めたが、決して路頭に迷った訳ではない。いずれの会社も入社時には、きちっと面接を行い、ある程度の将来的な見通しを立てていたのであるが、短期間で退社とならざるを得なかった。退社の理由は会社側の廃業、経営困難、契約違反など色々であったが、これだけ続くと小規模コンサルでは当り前のことのように思えてきた。以下、現在勤務中の会社を除いたそれぞれの会社の入・退社の経緯を掻《か》い摘《つま》んで記述する。

第一節 ㈱ヒカリコンサルタント

1 入社

平成十二年（二〇〇〇）七月初め、まず、大阪人材銀行に出向き、求職カードを提出した。その「私のセールスポイント」欄に次のように記載した。

〈主として鋼構造物の施工分野の専門知識と長い経験をもとにして、若手設計技術者に対する技術指導、アドバイスを目的に五年前コンサルタントに転職した。常に新しい事に興味を持ち続け、全力で仕事に取組んできた。パソコン（ワード、エクセル、Eメール）操作もでき、英語力もある程度ある〉

そして、就職についての希望欄で

〈直接ラインで業務管理を行うのではなく、設計業務に対する技術指導、アドバイス及び照査等を主に行いたい。そのため、場合により就業時間に拘《こだわ》らない非常勤勤務も希望する〉としていた。

一方、民間の人材紹介業者、大阪の「㈱ベネット」にも行き就職活動を行ったところ、八月初め、人材紹介業者の紹介で、鳥取に本社のある㈱ヒカリコンサルタントの会長と神戸・三宮で面接し、同月二十二日に本社に赴き、社長・副社長と面接した結果、平成十二年（二〇〇〇）九月一日付で入社決定となった。人材紹介業者「ベネット」に出されていた求人票では年齢を三十五歳から五十五歳の技術士となっていたが、六十二歳になっていた彼でも良いとされた。

本社の所在地は、鳥取市千代水で、昭和四十九年（一九七四）に設立された、コンサルとしては老舗になる、従業員は一一〇名程の中堅会社であった。彼の勤務先は、姫路市安田にある兵庫支店であり、肩書は技師長で報酬は、年額六五〇万円であった。会長との面接で彼は相当気に入って貰い、六〇〇万の年額に賞与二回各二五万円を上乗せしてくれた。職務内容は、専門部門の官公庁への登録技術管理者、管理・照査技術者としての業務、営業活動支援業務となっていた。勤務は、原則として自宅分室に常駐し、月に二〜三回、上記業務で指定された場所に出張する、と言う条件となっていた。

2 業務内容

実際の業務は、本社及び支店に出向いての管理・照査技術者としての業務は殆ど無く、彼が使う大きな机を置いた、という姫路支社には殆ど行った事が無い。

入社早々、社長及び設計部長と共に本社の地元鳥取県内各地の主要官庁にあいさつ回りを行った。

入社して間もない頃、本社設計部の担当者名で設計図書一式が自宅に送られてきた。送り状も手紙もなく、何の資料か皆目判らない。電話するとこれからお願いする内容を手紙で出そうと考えていたとのこと。話が逆だ、先ず依頼事項の説明をして彼の承諾を得てから資料を送るべきと諭《さと》し、図書資料一式を送り返した。それ以後、何の連絡も来なくなった。彼を下請業者と同様に考えていたのではないかと疑われた。

平成十二年（二〇〇〇）の社員忘年会は鳥取・皆生《かいけ》温泉で盛大に行われ、彼も招かれて出席したが、いまだに会社ぐるみで忘年会を行うのかと思った。

また、同社では、社員旅行も恒例となっており、平成十三年（二〇〇一）五月には三泊四日でタイのバンコクとアユタヤに行った。その旅行記を書いてくれと旅行団の幹事から、岩成個人の自由な感想文を、という注文であった。彼は以下のような文章を本社に送った。

【タイ旅行雑感】

〈バンコクは私にとって何となく懐かしく感じられる街である。それは、初めての海外旅行が昭和四十九年(一九七四)末のタイ・ツアー参加であったからかも知れない。昭和五十六年(一九八一)にはインド・カルカッタのコンサルと海外プラントの設計協議を行ったが、その時の行き帰り、また、翌昭和五十七年（一九八二）には赴任地のアフリカ・リビアから一時休暇帰国の時、トリポリ・アテネ経由でシンガポールに行く途上、バンコクに立ち寄っている。その後、バンコクの殺人的な交通渋滞の解消策として、市内十六箇所の主交差点を一挙に立体交差化する設計・施工プロジェクトの国際入札に参加する機会があり、予備検討を行ったが実現しなかった思い出もある。

従って、今回は五回目になるが久し振りのバンコクであった。汗の吹き出る蒸し暑さと王宮や名所寺院の佇《たたず》まいは以前通りであったが、水上マーケットは観光船が大きく速くなり、川面の波が高いためか、擦り寄ってくる物売り船も少なく、客が投げたコインを水中から拾い上げてくる少年の姿も無く、昔の長閑《のどか》さは感じられなかった。また、川べりや低湿地、鉄道線路沿いのスラムは相変わらず目に付いた。しかし一方、街中は高層ビルの林立・高速道路と高架鉄道（スカイ・トレイン、一九九九年開業）網により大きな変貌を遂げていた。不況による資金不足か、建設途中で放置されたビルが散見され、契約上のトラブルで、柱脚まで完成した状態で中断している空港への鉄道高架工事も見られたが、本年中にはバンコク初の地下鉄も約四㌔開通する予定とか。市中心より二十数㌔北方に位置するドンムアン国際空港へも高速道路が設置され、昔あれほど遠く感じられた市内と間は約三〇分の至近距離となっている。今や、約八〇〇万の人口を擁する大都市の資格を備えつつあるように感じられた。

アユタヤは初めてであった。バンコクの北方約八〇キロに位置し、六〇〇年程前にタイの首都になった、その時建立されたプラ・マハタート寺院は約二五〇年前にビルマ軍により徹底的に破壊された。修復されたその遺跡を訪ねた。それはまだ見ぬアンコールワットを彷彿させる壮大なものので圧倒された。意外な収穫であった。日本人町跡では確かな日本人の足跡を肌身で感じることも出来た。

なかなか一人では行けない伝統的タイ式マッサージ、狭く暗い部屋の中で七名の同行者の皆さんと枕を並べて、たっぷり二時間の入念なマッサージを体験できた。

行き帰りの行程がやや強行であった、街なかを散歩する時間が無かったなど、欲の深い感想も持っているが、また、改めてぶらりと訪ねて見たい国だと思った。

三〇名の皆さんと同行したこの社員旅行、本当に貴重な思い出と経験が出来ました。新参の私にも参加の機会を与えて頂き、衷心《ちゅうしん》より感謝致します。有難う御座いました〉

そして結果、彼の感想文は、「アサヒのかわらばん」という、総務部発行の社内報六月号に誤字・脱字だらけのまま掲載されたが、そこに彼の名前は無く、イニシャルだけが記載されていた。その理由を幹事に糺したが、総務部に任せたと言うばかりで、不明であった。

また、同年六月には、中国江蘇省無錫市旅游局の招きに応じて、上海の旅行社が主催した、上海・江南のモニターツアーがあり、彼は個人的に参加した。旅行前には予想出来なかったが、幸運にも世界第四位の吊橋【江陰長江大橋】をこの目で見、バスで揚子江に架かる子の橋を渡る経験をした。その内容と中国の橋梁建設事情や土木建築関連事項をまとめた【行ってきました上海・世界四位の吊橋】と題した紀行文を作成した。これを、先の旅行団幹事の、本社・設計部の山根課長に宛てて送り「かわらばん」に載せるか、社内回覧して見て貰えれば、若い技術者に良い刺激を与えると考えて、お願いしたが、何の返事もなかった。その理由は今もって不明で、礼儀をわきまえない変な人がいる会社だと思った。

その中国紀行文を以下に転写する。

【行ってきました上海・世界四位の吊橋】

〈六月、中国江蘇省無錫市旅遊局の招きで、上海の旅行社主催による上海・江南のモニターツアーがあり、参加した。昨年まで未開放（外国人に非公開）地区であった鎮江や楊州を訪れ、また、報道で中国発展の最先端と喧伝されている上海を垣間見る事が出来る機会と思い旅立った。

旅の順路は上海空港→蘇州→鎮江→楊州→無錫→上海であった。呉の国の都であった水郷・蘇州：漢詩「楓橋夜泊」で有名な寒山寺、虎丘の斜塔。古来、重要な長江の河港町・鎮江：日本からの留学生・阿部仲麻呂の望郷の歌碑「天の原ふりさけ見れば……」がある北固山公園、そして金山寺。隋の煬帝《ようだい》時代から続く古都、遣隋、遣唐使の上陸地・揚州：奈良の唐招提寺を興した鑑真和上出身の大明寺、痩西湖公園。紀元前、周朝からの古い都市、漢時代に錫鉱脈が尽き「無錫」となった・無錫：「呉越同舟」の太湖、錫恵公園。かつての「魔都」・上海：豫園、上海老街。などなど、今回の旅は名所旧跡が数多くあり、短い日程でよく周れたと思うが、これらの都市を結ぶ高速道路建設の恩恵であろう。名所旧跡の話は改めて別の機会に譲るとして、「橋」の話をしたい。

長江（揚子江）南岸の港町鎮江から北岸の揚州へはバスと共にフェリーで渡河したが、鎮江と蘇州のほぼ中間に位置する次の目的地無錫には同じフェリーで鎮江に戻ってから向かうものと考えていた。ガイドから直前に橋で長江を渡って行くと聞き、どんな橋か楽しみであった。それが、中国建国五〇周年に間に合わせるよう工事が進められ、一九九九年九月に完成した吊橋「江陰長江大橋」であった。無錫市北方約四〇キロで、この辺りで川幅が最も狭くなった長江に架かっている。南京から長江河口の上海まで約三〇〇キロの間で初めて建設された長江横断橋である。

高さ約一九〇メートルのコンクリート製主塔の間隔は一三八五メートルで世界第四位になる。設計風速：四〇・八ｍ／秒に耐える補剛桁は高さ三・〇メートルの扁平流線形鋼箱桁で、非常に軽やかに見える。側径間はＰＣ桁橋となる単径間吊橋であるが、上下六車線と両側に二・〇メートルの歩道が付いて総幅員は三六・九メートル（明石大橋：三五・五メートル）、桁下水面までの高さは約三〇メートルと比較的低いものの、堂々たる大橋である。設計照査は英国のコンサルが、吊橋上部工の施工も英国の業者が行っている。ただし、ケーブル（ＰＷＳ）および補剛桁の施工管理に関する技術コンサルは日本の技術者が担当した。主塔の中間繋梁には江沢民主席の揮毫《きごう》による橋名が陽刻で金色に輝いていた。

参考までに記すと、吊橋の世界第三位は英国・ハンバー橋（一四一〇メートル―一九八一年完成）、二位はデンマーク・グレートベルト橋（一六二四メートル―一九九八年完成）、そして世界第一位は、わが国の明石海峡大橋（一九九一メートル―一九九八年完成）である。因みに、第五位は、香港ランタウ島の新空港への鉄道・道路併用橋・青馬大橋（一三七七メートル―一九九七年完成）である。

この後訪れた上海の黄浦江には世界有数の斜張橋が建設されている。一つは市街の高速道路から望める南浦大橋(四二三メートル―一九九一年)、もう一つは楊浦大橋(六〇二メートル―一九九三年)である。残念ながら楊浦大橋は直接目にすることは出来なかったが、この径間長は一位の日本・多々羅大橋：八九〇メートル、二位のフランス・ノルマンディ橋：八五六メートルに続いて世界三位である。

この他にも中国で建設中の長大橋がある。手元の資料に依れば、「南京第二橋」は吊橋（九九八メートル）と斜張橋（六二八メートル）図らずも、フェリー船上から下部工の工事現場を遠望できた鎮江と揚州を連絡する「鎮楊長江大橋」は、巨大な中洲を横断して一三〇〇メートルの吊橋と八五〇メートルの斜張橋として建設中のようである。

計画中では、杭州湾口の東方大橋（世界最大九〇〇〇メートルの斜張橋）海南島への海峡大橋（世界最大二五〇〇〇メートルの吊橋）もある。他にも長大橋の計画は目白押しで、まさに、中国長大橋時代到来の感がする。

鎮江のホテルで、たまたま目にした地元新聞「鎮江日報」には、北京新華社電として、中国で四番目に直轄市となって四周年になる長江上流の四川省・重慶市の様子が、巨大な「重慶長江二橋」の斜張橋（スパン：四四四メートル）を背景にして、崖状の河岸にそって建設された上下四車線と、両側に植栽帯を設けた幅広い遊歩道を配し、緩やかな平面曲線を見せている高架高速道路の写真を掲示し、その変貌振りを伝えている。また、青海省の省都・西寧からチベット自治区の首都・ラサまでの間約一九五〇キロの鉄道新線・「青蔵鉄路」工事は西寧から約八五〇キロのゴルモ迄は一九八四年に完成していて、残りラサまでの一一〇〇キロについて近く着工する事になった。とも報じている。

　訪れた五都市は、いずれも目下市街地再開発・改造の真っ最中であった。蘇州ですら目抜き通りは古い家並みを壊して統一意匠の商店建築を両側に建設して、電柱を無くした幅広いモダンな街路に変えつつある。他の都市のスクラップ＆ビルドもすさまじい勢いで進んでいる。

　上海およびその近郊の住宅や道路の整備状況は、昨年見た首都北京およびその近郊に比べて遥かに洗練された西洋様式化が進んでおり、豊かささえ感じられた。上海の中心・外灘（バンドー）のビル群や対岸の高さ四六〇メートルのテレビ塔に対する夜間照明・電飾は目を見張る思いであった。市街中心の高速道路の桁（ほとんどＰＣ桁）の側面は地覆下の床版下面から水色の照明で照らされ、ランプ部やインターチェンジ部では、まるで水色のリボンが夜空に乱舞しているようで、幻想的な景色を見せている。聞けば、二年以内に市内の十五階建て以上の新旧ビルは必ず夜間は電飾するように義務付けられたとの事。二年後には間違いなく香港の夜景を凌駕する。とガイドは語っていた。さらに、今回我々を関空から運んだ中国東方航空の航空機が発着したのは市西部に位置する虹橋空港であったが、間もなく、既に市東方の長江河口付近に完成している浦東国際新空港（関空の約二倍の規模）が全ての国際線を受持つ予定になっている。

人口一六〇〇万人、世界最大級のこの都市は新生中国の顔として急速に、確実に発展している。江沢民元上海市長の政策の成果が顕われつつあるのかも知れない。

橋の話を主として、現在の上海およびその周辺の状況を記したが、全般的に中国政府の力強い政策と国民の底知れぬ活力を強く感じた。果して、今後もこれら社会資本の急速な整備に要する膨大な資金を裏付けられるのであろうかという疑問もあるが、出来れば三〜四年後にもう一度同じコースを巡って、その変貌を是非この目で確かめたい〉

平成十四年（二〇〇二）に入ると新入社した姫路支社の支社長と共に近畿の都市部の官公庁に、挨拶回りをした。挨拶と言ってもお役所の担当者と面談出来る事は少なく、名刺受箱に名刺を入れる事が多く、営業効果はどうだったのか判らない。

3　退職

待遇も平成十五年（二〇〇三）七月末までは、入社時のままであったが、彼が満六十五歳になった八月から、定年退職後の給与として、月額二五万円、年額三〇〇万円に減額された。肩書も、兵庫支社・非常勤の技術顧問となった。

この契約更改は、新社長になってからの事であった。会社の経営状況が苦しいので、給与の減額をお願いすると言う話が、平成十五年（二〇〇三）二月に社長からあり、何回か協議した。しかし、社長の話に齟齬《そご》が有り、問い詰めたが要領を得ないまま契約を更改して時が過ぎた。そして翌平成十六年（二〇〇四）二月、本社で社長と改めて面談し、結局、事業の縮小に伴う人員整理と言う会社の都合で退職要請をするのであれば、三月末での退職を了解する。と常務を証人にして約束した。そして、三月に社長と常務の二人が鳥取市内の寿司屋で慰労会を開いてくれ、末日付で退職した。しかし、退職後の四月九日に送られてきた離職票では、事業主と労働者双方の意思により、契約を更新しない、労働契約期間満了による離職となっており、協議し約束した内容を無視した理由になっていた。

また、同社とは、平成十五年（二〇〇三）後半から、詳しい内容はこの後の年金関係の章で記すが、彼が老齢年金の取り扱いで、会社のやり方はおかしいと異議を申し出て、会社側の社会保険労務士と議論した。彼も旧来の友人で社会保険労務士の藤永先生に相談し、コメントを貰いながら、翌年の初め頃まで会社とやり取りしたが、双方とも納得出来なかった。この事が今回の退職要請に繋がった感もある。彼の方も、前年末頃から、妻の病状が、明らかに終末に近づきつつあるように見え、暗い気持ちが続いていたせいもあったのかも知れない。妻は平成十五年（二〇〇三）二月末に先立って逝った。とにかく、同社とは何かしっくりしない蟠《わだかま》りが残ったままの退社であった。
同社での在任期間は、それでも、三年七ヵ月となった。

4 給与と賞与

ヒカリコンサルでの給与と賞与を表―⑳及び表―㉑に示す。前記したように平成十五年（二〇〇三）二月に社長が神戸まで出て来て彼と面談し、経営状態の悪化を理由に給与の大幅な減額を要求してきた。会社がそれほど困っているのであれば、彼は平成十五年（二〇〇三）八月までの現契約を三ヵ月前倒しで退職しても良いとまで話をしたが、結局、八月以降は非常勤顧問として残る事になり、以後は月額給与二五万円との事で合意した。

しかし、表―㉑の平成十五年（二〇〇三）四月以降十月までの給与額が乱れているが、明確な説明なく四月以降の給与は一〇％カットされ、何故か六月に支給されていた二五万円の賞与は、現契約が八月まで有効であれば当然支給されるべきであるが、それが無くなっていた。また、給与計算に考えられないような過誤があり、十月分は僅か一万三〇〇〇円という有様で、社長が変わってから何かがおかしくなっていた。

収入集計表（表―⑳）

平成12年（2000年）　㈱ヒカリコンサルタント　単位：円　（61歳）

月　度	給　与	賞与等	計	再評価率	再評価額	備　考
1月						
2月						
3月						
4月						
5月						
6月						ナイトコン退職
7月						
8月						
9月	500,000		500,000	0.967	**483,500**	入社
10月	500,000		500,000	0.967	**483,500**	
11月	500,000		500,000	0.967	**483,500**	
12月	500,000	250,000	750,000	0.967	**725,250**	
年　計	2,000,000	250,000	2,250,000		**2,175,750**	

平成13年（2001年）　㈱ヒカリコンサルタント　単位：円　（62歳）

月　度	給　与	賞与等	計	再評価率	再評価額	備　考
1月	500,000		500,000	0.967	**483,500**	
2月	500,000		500,000	0.967	**483,500**	
3月	500,000		500,000	0.967	**483,500**	
4月	500,000		500,000	0.966	**483,000**	
5月	500,000		500,000	0.966	**483,000**	
6月	500,000	250,000	750,000	0.966	**724,500**	
7月	500,000		500,000	0.966	**483,000**	
8月	500,000		500,000	0.966	**483,000**	
9月	500,000		500,000	0.966	**483,000**	
10月	500,000		500,000	0.966	**483,000**	
11月	500,000		500,000	0.966	**483,000**	
12月	500,000	250,000	750,000	0.966	**724,500**	
年　計	6,000,000	500,000	6,500,000		**6,280,500**	

平成14年（2002年）　㈱ヒカリコンサルタント　単位：円　（63歳）

月　度	給　与	賞与等	計	再評価率	再評価額	備　考
1月	500,000		500,000	0.966	**483,000**	
2月	500,000		500,000	0.966	**483,000**	
3月	500,000		500,000	0.966	**483,000**	
4月	500,000		500,000	0.972	**486,000**	
5月	500,000		500,000	0.972	**486,000**	
6月	500,000	250,000	750,000	0.972	**729,000**	
7月	500,000		500,000	0.972	**486,000**	
8月	500,000		500,000	0.972	**486,000**	
9月	500,000		500,000	0.972	**486,000**	
10月	500,000		500,000	0.972	**486,000**	
11月	500,000		500,000	0.972	**486,000**	
12月	500,000	250,000	750,000	0.972	**729,000**	
年　計	6,000,000	500,000	6,500,000		**6,309,000**	

収入集計表（表―㉑）

平成15年（2003年）　㈱ヒカリコンサルタント　単位：円　（64歳）

月　度	給　与	賞与等	計	再評価率	**再評価額**	備　考
1月	500,000		500,000	0.972	**486,000**	
2月	500,000		500,000	0.972	**486,000**	
3月	500,000		500,000	0.972	**486,000**	
4月	494,100		494,100	0.975	**481,748**	以後10%カット
5月	541,000		541,000	0.975	**527,475**	
6月	432,800		432,800	0.975	**421,980**	
7月	486,900		486,900	0.975	**474,728**	非常勤顧問就任
8月	486,900		486,900	0.975	**474,728**	
9月	303,500		303,500	0.975	**295,913**	給与に過誤
10月	13,100		13,100	0.975	**12,773**	
11月	250,000		250,000	0.975	**243,750**	給与改訂
12月	250,000		250,000	0.975	**243,750**	
年　計	4,758,300	0	4,758,300		**4,634,843**	

平成16年（2004年）　㈱ヒカリコンサルタント　単位：円　（65歳）

月　度	給　与	賞与等	計	再評価率	**再評価額**	備　考
1月	250,000		250,000	0.975	**243,750**	
2月	250,000		250,000	0.975	**243,750**	
3月	250,000		250,000	0.975	**243,750**	退職
4月						
5月						
6月						
7月						山本設計入社
8月						
9月						
10月						
11月						
12月						
年　計	750,000	0	750,000		**731,250**	

㈱ヒカリコンサルタントでの収入金額・合計	**20,131,343**

第二節　以下六社への入社及び退職の経緯

1 山本設計㈱

ヒカリコンサルを退職の話が決まった三月中頃、彼は大阪人材銀行の求職の再登録を行っていたが、その月末、早速、京都人材銀行の求人シートの紹介があり、四月初め京都で滋賀県の山本設計の社長と面談した。本社の所在地は、滋賀県東浅井郡虎姫町で、姉川のすぐ脇に有った。父親が建設業をしていて、自分が社長としてコンサルを創業した従業員十名程の小さな会社であった。今度、支店を出して社業を広げたいと、やる気満々で言うので、その意気を感じて七月一日付で入社した。彼の三宮のマンションを神戸支店として、彼は名刺上だけであるが㈱山本設計・神戸支店長となった。七月の初めには滋賀県の本社を訪ねて打合せも行った。給与は月々二〇万円とし、それに支店経費一万円を上乗せした。

しかし、社業の発展の準備作業の終わらぬ翌年初め、社長が交通事故で負傷し、急にやる気が無くなり、三月初めに杖を突きながら神戸に現れ、彼に強い調子で退職を迫った。その結果、平成十七年（二〇〇五）三月三十一日付で、会社の業績不振による廃業で、解雇となった。彼として何も支援する事は無かった。同社の在職期間は、僅か九ヵ月間であった。

2　㈱エリアコンサルタント

山本設計を退職して一ヵ月、平成十七年（二〇〇五）五月一日付けで㈱エリアコンサルタントに入社した。一年経過毎に契約を更改する一年契約であった。同社の所在地は、神戸市中央区浜辺通で、従業員十七名の小さなコンサルであった。この会社は、三宮の彼の書斎の直ぐ近くに有り、非常に便利であった。昼食は書斎に帰って一人で食していた。彼は、技師長と技術顧問の肩書のある二種類の名刺を使い分ける事となっていた。勤務は週に一〜二日出勤する非常勤で、給与は月額二〇万円とした。同社では、勤務日数の割には、出勤時の業務が多く、大変だった。特にＩＳＯ９０００の更改業務は、社内に誰も内容を理解できる者がいなくて、殆ど彼一人で対応を余儀なくされた。

ＩＳＯ関連として各種業務の規定や書式を一から作成し、標準化に寄与した。例えば、車両運行管理規定、旅費規程、工程管理規定、外注管理規定、各種業務書式、パートタイマー・アルバイト規定、慶弔見舞金規定、新出勤簿の様式等々である。しかし契約上の職務内容は受託業務の管理技術者及び照査技術者になる事と、兵庫県内の営業活動補助及び社長の特命業務であった。ＩＳＯ関連業務は社長の特命であった。また、過去の経験から同社の就業規則改定案も作成した。

この様にして一年が過ぎ、二年目の契約更改に会社側は条件を付けて来て、より仕事量の多くなる業務内容で、同額の給与を提示してきた。彼はその点を指摘して翻意を促したが、会社は同意しなかった。会社側は一旦入社して一定期間就業した者は条件を厳しくしても、それを飲んでそのまま在籍するものと頭から考えているようで弱小コンサルに共通の労務管理法に思えた。彼は予定通り、平成十八年（二〇〇六）四月末日で退職した。同社の在職期間は、丁度一年間であった。退社後も折に触れて社長が電話を入れてきて彼の復職を要求したり、新たな人材の紹介を依頼したりして来ていた。

3 ㈱阪神コーポレーション

エリアコンサルタントを退職して、約一年の間に小さなコンサルタント八社程で面接したが、彼の方が気乗りしなかったり、先方が不採用通知を出したりして、行先が定まらなかった。結局、平成十九年（二〇〇七）七月一日、大阪人材銀行の紹介で㈱阪神コーポレーションに入社した。業務内容は官公庁に登録する技術管理者として会社の専属となり、関連業務成果品の照査・技術指導・客先打合せ時の同行等であった。月額賃金は二二万円、出勤は原則月に六日間であった。役職名は技術部技師長で、同部署に同年輩の先輩が一人いた。勤務場所は東大阪市小阪、近鉄奈良線の八戸ノ里駅の近くであった。従業員数は二〇〇名以上いる中堅のコンサルであるが、役所での施工管理が主たる事業になっている。旅費精算時に、乗車券及び特急券などの実物を添付する等のちょっと変わった慣例があるうえ、旅費規定として閲覧可能なものが無いなど、不審な会社でもあった。業務として愛知県岡崎市まで出張する事もあり、また、橋梁点検調査業務に係わる企画提案なども行ったりして、大過なく平穏に二年余が過ぎた。

平成二十一年（二〇〇九）六月、突然、コンサルタント事業部を閉鎖すると言う話が出て、一般組合員の社員は、組合代表者と会社側で何回も団体交渉を行い納得のいく会社側の説明を求めていたが、嘱託契約の社員である彼は、平成二十一年（二〇〇九）十月末日で、即退職となった。同社の在籍期間は、それでも二年三ヵ月間であった。

４　阪南航測㈱

そろそろ、会社勤務は止めにしようと考えて、自宅の耐震補強の検討や身辺の資料の整理を始めて半年余りが過ぎた。その矢先、やはり大阪人材銀行の紹介で、翌平成二十二年（二〇一〇）七月一日付けで、阪南航測㈱に採用された。仕事は週に一回（月に六回以内）大阪支店に顔を出して、半日から三時間程度席にいて、社員からの相談に乗ってくれればよい、という事で給与は月額一五万円であった。職名は一応「技師長」であった。大阪支店は大阪市中央区谷町にあり、通勤には問題はなかった。

和歌山県請川橋・保全設計業務の照査技術者として役所の届出をしたり、設計担当者の相談ごとに乗ったりして、三ヵ月程継続して勤務した。

彼と設計担当者との業務打合せや質疑事項に対する指導は出勤日の三時間程度の負担ではやり切れず、彼が自宅にいる時にメールで資料が送られて数々の指摘をまた彼がメールで対応する事が多くなって来た。それを脇で見た上司が彼に主任技術者として設計業務に直接関わってくれないかと打診してきた。契約を更改し、客先に対しても主任技術者として直接業務に携われと要求された。当然、給与も増額されるが、当初契約時の約束と違う事から、退職を決意し十月末で退職した。同社の在籍期間は僅か四ヵ月であった。小さなコンサルは、何処も適格な技術者不足で猫の手も借りたい状況から、満七十歳を過ぎた彼のような人間にも無理な条件を強いる事に繋がるようである。

5 ㈱マーク技研

しばらくしてまた、大阪人材銀行より紹介されたコンサルは、これまた従業員僅か十名程度の個人企業的な設計会社であった。和歌山市にある本社で社長と面接して即採用となった。給与は月一二万五〇〇〇円で、年間に十日ほど出社すると言う条件であった。平成二十三年（二〇一一）四月一日に入社した。しかし、特に出社する事も無く、一年間の契約期間は終了した。

翌年三月末で「橋梁部門の人員整理が必要となった為」と言う理由で話があり、継続しての雇用はなく、退職となった。

6　㈱熊本コンサルタント

今度は引続いて平成二十四年（二〇一二）四月十五日付で本社が佐賀県佐賀市にある㈱熊本コンサルタントに入社した。面接は、社長と総務部長が神戸に来られて、彼の三宮マンションで行った結果、即採用となり、三宮のマンションを同社の神戸事務所とする事にして、月額一二万円（二万円は事務所使用料として）で決めた。二人は高層マンションの三十八階の部屋から望む神戸市街の様子を見て興奮気味であった。

その後、特筆するような業務も無く、また彼が熊本の本社に一度も出向くこともなく、四年余が過ぎた平成二十七年（二〇一五）八月、社長より電話があり、業績不振で解雇したいとの話、十月末で退職する事を了解した。同社での在職期間は四年半余であった。

7　以上六社での給与実績

以上の六社の給与実績を以下の表—㉒から表—㉘に示す。

収入集計表（表—㉒）

平成16年（2004年）　㈱山本設計　単位：円　（65歳）

月　度	給　与	賞与等	計	再評価率	**再評価額**	備　考
1月						
2月						
3月						ヒカリを退職
4月						
5月						
6月						
7月	210,000		210,000	0.976	**204,960**	入社
8月	210,000		210,000	0.976	**204,960**	
9月	210,000		210,000	0.976	**204,960**	
10月	210,000		210,000	0.976	**204,960**	
11月	210,000		210,000	0.976	**204,960**	
12月	210,000		210,000	0.976	**204,960**	
年　計	1,260,000	0	1,260,000		**1,229,760**	

平成17年（2005年）　㈱山本設計　単位：円　（66歳）

月　度	給　与	賞与等	計	再評価率	**再評価額**	備　考
1月	210,000		210,000	0.976	**204,960**	
2月	210,000		210,000	0.976	**204,960**	
3月	210,000		210,000	0.976	**204,960**	同社を退職
4月						
5月						エリアコンサル入社
6月						
7月						
8月						
9月						
10月						
11月						
12月						
年　計	630,000	0	630,000		**614,880**	

㈱山本設計での収入金額・合計	**1,844,640**

収入集計表（表―㉓）

平成17年（2005年）　㈱エリアコンサルタント　単位：円　（66歳）

月　度	給　与	賞与等	計	再評価率	**再評価額**	備　考
1月						
2月						
3月						山本設計を退職
4月						
5月	100,000		100,000	0.978	**97,800**	入社
6月	200,000		200,000	0.978	**195,600**	
7月	200,000		200,000	0.978	**195,600**	
8月	200,000		200,000	0.978	**195,600**	
9月	200,000		200,000	0.978	**195,600**	
10月	200,000		200,000	0.978	**195,600**	
11月	200,000		200,000	0.978	**195,600**	
12月	200,000		200,000	0.978	**195,600**	
年　計	1,500,000	0	1,500,000		**1,467,000**	

平成18年（2006年）　㈱エリアコンサルタント　単位：円　（67歳）

月　度	給　与	賞与等	計	再評価率	**再評価額**	備　考
1月	200,000		200,000	0.978	**195,600**	
2月	200,000		200,000	0.978	**195,600**	
3月	200,000		200,000	0.978	**195,600**	
4月	200,000		200,000	0.978	**195,600**	
5月	100,000		100,000	0.978	**97,800**	同社を退職
6月						
7月						
8月						
9月						
10月						
11月						
12月						
年　計	900,000	0	900,000		**880,200**	

㈱エリアコンサルタントでの収入金額・合計	**2,347,200**

収入集計表（表—㉔）

平成19年（2007年）　㈱阪神コーポレーション　単位：円　（68歳）

月　度	給　与	賞与等	計	再評価率	**再評価額**	備　考
1月						
2月						
3月						
4月						
5月						
6月						
7月						
8月	235,000		235,000	0.975	**229,125**	入社
9月	235,000		235,000	0.975	**229,125**	
10月	235,000		235,000	0.975	**229,125**	
11月	235,000		235,000	0.975	**229,125**	
12月	235,000		235,000	0.975	**229,125**	
年　計	1,175,000	0	1,175,000		**1,145,625**	

平成20年（2008年）　㈱阪神コーポレーション　単位：円　（69歳）

月　度	給　与	賞与等	計	再評価率	**再評価額**	備　考
1月	235,000		235,000	0.975	**229,125**	
2月	235,000		235,000	0.975	**229,125**	
3月	235,000		235,000	0.975	**229,125**	
4月	235,000		235,000	0.969	**227,715**	
5月	235,000		235,000	0.969	**227,715**	
6月	235,000		235,000	0.969	**227,715**	
7月	235,000		235,000	0.969	**227,715**	
8月	235,000		235,000	0.969	**227,715**	
9月	235,000		235,000	0.969	**227,715**	
10月	235,000		235,000	0.969	**227,715**	
11月	235,000		235,000	0.969	**227,715**	
12月	235,000		235,000	0.969	**227,715**	
年　計	2,820,000	0	2,820,000		**2,736,810**	

平成21年（2009年）　㈱阪神コーポレーション　単位：円　（70歳）

月　度	給　与	賞与等	計	再評価率	**再評価額**	備　考
1月	235,000		235,000	0.969	**227,715**	
2月	235,000		235,000	0.969	**227,715**	
3月	235,000		235,000	0.969	**227,715**	
4月	235,000		235,000	0.971	**228,185**	
5月	235,000		235,000	0.971	**228,185**	
6月	235,000		235,000	0.971	**228,185**	
7月	235,000		235,000	0.971	**228,185**	
8月	235,000		235,000	0.971	**228,185**	
9月	235,000		235,000	0.971	**228,185**	
10月	235,000		235,000	0.971	**228,185**	退職
11月						
12月						
年　計	2,350,000	0	2,350,000		**2,280,440**	

㈱阪神コーポレーションでの収入金額・合計	**6,162,875**

収入集計表（表―㉕）

平成22年（2010年）　阪南航測㈱　単位：円　（71歳）

月　度	給　与	賞与等	計	再評価率	**再評価額**	備　考
1月						
2月						
3月						
4月						
5月						
6月						
7月	150,000		150,000	0.976	**146,400**	入社
8月	150,000		150,000	0.976	**146,400**	
9月	150,000		150,000	0.976	**146,400**	
10月	150,000		150,000	0.976	**146,400**	退職
11月						
12月						
年　計	600,000	0	600,000		**585,600**	

阪南航測㈱での収入金額・合計	585,600

収入集計表（表―㉖）

平成23年（2011年）　㈱マーク技研　単位：円　（72歳）

月度	給与	賞与等	計	再評価率	**再評価額**	備考
1月						
2月						
3月						
4月	125,000		125,000	0.979	**122,375**	入社
5月	125,000		125,000	0.978	**122,250**	
6月	125,000		125,000	0.978	**122,250**	
7月	125,000		125,000	0.978	**122,250**	
8月	125,000		125,000	0.978	**122,250**	
9月	125,000		125,000	0.978	**122,250**	
10月	125,000		125,000	0.978	**122,250**	
11月	125,000		125,000	0.978	**122,250**	
12月	125,000		125,000	0.978	**122,250**	
年計	1,125,000	0	1,125,000		**1,100,375**	

平成24年（2012年）　㈱マーク技研　単位：円　（73歳）

月度	給与	賞与等	計	再評価率	**再評価額**	備考
1月	125,000		125,000	0.978	**122,250**	
2月	125,000		125,000	0.978	**122,250**	
3月	125,000		125,000	0.978	**122,250**	同社を退職
4月						熊本コンサル入社
5月						
6月						
7月						
8月						
9月						
10月						
11月						
12月						
年計	375,000	0	375,000		**366,750**	

㈱マーク技研での収入金額・合計	**1,467,125**

収入集計表（表—㉗）

平成24年（2012年）　㈱熊本コンサルタント　単位：円　（73歳）

月度	給与	賞与等	計	再評価率	再評価額	備考
1月						
2月						
3月						マーク技研退職
4月	64,530		64,530	0.980	**63,239**	入社
5月	129,050		129,050	0.980	**126,469**	
6月	129,050		129,050	0.980	**126,469**	
7月	129,050		129,050	0.980	**126,469**	
8月	129,050		129,050	0.980	**126,469**	
9月	129,050		129,050	0.980	**126,469**	
10月	129,050		129,050	0.980	**126,469**	
11月	129,050		129,050	0.980	**126,469**	
12月	129,050		129,050	0.980	**126,469**	
年計	1,096,930	0	1,096,930		**1,074,991**	

平成25年（2013年）　㈱熊本コンサルタント　単位：円　（74歳）

月度	給与	賞与等	計	再評価率	再評価額	備考
1月	129,050		129,050	0.980	**126,469**	
2月	129,050		129,050	0.980	**126,469**	
3月	129,050		129,050	0.980	**126,469**	
4月	129,050		129,050	0.982	**126,727**	
5月	129,050		129,050	0.982	**126,727**	
6月	129,050		129,050	0.982	**126,727**	
7月	129,050		129,050	0.982	**126,727**	
8月	129,050		129,050	0.982	**126,727**	
9月	129,050		129,050	0.982	**126,727**	
10月	129,050		129,050	0.982	**126,727**	
11月	129,050		129,050	0.982	**126,727**	
12月	129,050		129,050	0.982	**126,727**	
年計	1,548,600	0	1,548,600		**1,519,951**	

平成26年（2014年）　㈱熊本コンサルタント　単位：円　（75歳）

月度	給与	賞与等	計	再評価率	再評価額	備考
1月	129,050		129,050	0.982	**126,727**	
2月	129,050		129,050	0.982	**126,727**	
3月	129,050		129,050	0.982	**126,727**	
4月	129,200		129,200	0.954	**123,257**	
5月	129,200		129,200	0.954	**123,257**	
6月	129,200		129,200	0.954	**123,257**	
7月	129,200		129,200	0.954	**123,257**	
8月	129,200		129,200	0.954	**123,257**	
9月	129,200		129,200	0.954	**123,257**	
10月	129,200		129,200	0.954	**123,257**	
11月	129,200		129,200	0.954	**123,257**	
12月	129,200		129,200	0.954	**123,257**	
年計	1,549,950	0	1,549,950		**1,489,493**	

収入集計表（表―㉘）

平成27年（2015年）　　㈱熊本コンサルタント　　単位：円　　（76歳）

月　度	給　与	賞与等	計	再評価率	**再評価額**	備　考
1月	129,200		129,200	0.954	**123,257**	
2月	129,200		129,200	0.954	**123,257**	
3月	129,200		129,200	0.954	**123,257**	
4月	129,200		129,200	0.949	**122,611**	
5月	129,200		129,200	0.949	**122,611**	
6月	129,200		129,200	0.949	**122,611**	
7月	129,200		129,200	0.949	**122,611**	
8月	129,200		129,200	0.949	**122,611**	
9月	130,180		130,180	0.949	**123,541**	
10月	130,180		130,180	0.949	**123,541**	退職
11月						ドットコム入社
12月						
年　計	1,293,960	0	1,293,960		**1,229,906**	

㈱熊本コンサルタントでの収入金額・合計	**5,314,341**

第三節　㈱ドットコム（在籍中）

1　入社

熊本コン在職中、民間の人材紹介業者から入社の打診が来ていたのが㈱ドットコムであった。熊本コンを退職する日を待って貰っていたのであるが、間髪を入れずに平成二十七年（二〇一五）十一月一日より、兵庫県たつの市に本社のある㈱ドットコムの姫路支店に入社した。月額報酬額は一二万五〇〇〇円で、月一回程度の出社と言う条件である。姫路支店は姫路市安田にある。彼は同社の技術参与と言う立場で平成三十一年（二〇一九）三月の現在までで三年半になる。社長は大阪等への出張時に応じて、神戸・六甲の彼の書斎を度々訪れて受託業務の現状などを話し込んでいる。

2　現在までの給与

同社の給与を表―㉙と表―㉚に示す。

収入集計表（表—㉙）

平成27年（2015年）　㈱ドットコム　単位：円　（76歳）

月　度	給　与	賞与等	計	再評価率	**再評価額**	備　考
1月						
2月						
3月						
4月						
5月						
6月						
7月						
8月						
9月						
10月						熊本コンサル退職
11月	125,000		125,000	0.949	**118,625**	入社
12月	125,000		125,000	0.949	**118,625**	
年　計	250,000	0	250,000		**237,250**	

平成28年（2016年）　㈱ドットコム　単位：円　（77歳）

月　度	給　与	賞与等	計	再評価率	**再評価額**	備　考
1月	125,000		125,000	0.949	**118,625**	
2月	125,000		125,000	0.949	**118,625**	
3月	125,000		125,000	0.949	**118,625**	
4月	125,000		125,000	0.950	**118,750**	
5月	125,000		125,000	0.950	**118,750**	
6月	125,000		125,000	0.950	**118,750**	
7月	125,000		125,000	0.950	**118,750**	
8月	125,000		125,000	0.950	**118,750**	
9月	125,000		125,000	0.950	**118,750**	
10月	125,000		125,000	0.950	**118,750**	
11月	125,000		125,000	0.950	**118,750**	
12月	125,000		125,000	0.950	**118,750**	
年　計	1,500,000	0	1,500,000		**1,424,625**	

平成29年（2017年）　㈱ドットコム　単位：円　（78歳）

月　度	給　与	賞与等	計	再評価率	**再評価額**	備　考
1月	125,000		125,000	0.950	**118,750**	
2月	125,000		125,000	0.950	**118,750**	
3月	125,000		125,000	0.950	**118,750**	
4月	125,000		125,000	0.945	**118,125**	
5月	125,000		125,000	0.945	**118,125**	
6月	125,000		125,000	0.945	**118,125**	
7月	125,000		125,000	0.945	**118,125**	
8月	125,000		125,000	0.945	**118,125**	
9月	125,000		125,000	0.945	**118,125**	
10月	125,000		125,000	0.945	**118,125**	
11月	125,000		125,000	0.945	**118,125**	
12月	125,000		125,000	0.945	**118,125**	
年　計	1,500,000	0	1,500,000		**1,419,375**	

収入集計表（表―㉚）

平成30年（2018年）　　㈱ドットコム　　単位：円　　（79歳）

月　度	給　与	賞与等	計	再評価率	再評価額	備　考
1月	125,000		125,000	0.945	**118,125**	
2月	125,000		125,000	0.945	**118,125**	
3月	125,000		125,000	0.945	**118,125**	
4月	125,000		125,000	0.945	**118,125**	
5月	125,000		125,000	0.945	**118,125**	
6月	125,000		125,000	0.945	**118,125**	
7月	125,000		125,000	0.945	**118,125**	
8月	125,000		125,000	0.945	**118,125**	
9月	125,000		125,000	0.945	**118,125**	
10月	125,000		125,000	0.945	**118,125**	
11月	125,000		125,000	0.945	**118,125**	
12月	125,000		125,000	0.945	**118,125**	
年　計	1,500,000	0	1,500,000		**1,417,500**	

平成31年（2019年）　　㈱ドットコム　　単位：円　　（80歳）

月　度	給　与	賞与等	計	再評価率	再評価額	備　考
1月	125,000		125,000	0.945	**118,125**	
2月	125,000		125,000	0.945	**118,125**	
3月	125,000		125,000	0.945	**118,125**	
4月						
5月						
6月						
7月						
8月						
9月						
10月						
11月						
12月						
年　計	375,000	0	375,000		**354,375**	

㈱ドットコムでの収入金額・合計	4,853,125

（平成３１年３月分まで）

第七章　給与などの考察

以上、現在までの各就職先での給与等収入の経緯を記し、総括してきた。以下、手元の資料に照らして、主人公・岩成一樹の実績収入が世間一般の統計値と比べてどのような位置にあったのか客観的に考察してみる。

第一節　『給与と昇進』（講談社　昭和四十七年版）

この本で示されているのは、昭和四十五年（一九七〇）度の全産業の年齢別月給と在職年齢別退職金の表である。出典は全国産業別労働組合連合会をはじめ種々の業界別労働組合より提供された資料、約一〇〇〇社の実績となっている。ただし、鉄鋼業界のみ昭和四十四年（一九六九）度とことわっている。

昭和四十四年（一九六九）七月、彼・岩成は丁度三十歳で大和橋梁から東亜製鋼所に転社した年である。年齢別月給で東亜製鋼所の欄を見てみると大卒で六万四二一九円となっている。一方、表—⑥で彼の給与実績を見ると超過勤務込みで七万七一〇〇円であり、二〇％ほど高い。東亜入社時の面接で提示された給与の額は、社内規定で超過勤務を含まず五万五六五〇円でそれ以上は支払えない。と言われたが、超過勤務分を含めると表示された調査の数値と一致して、東亜の人事の話に符合する。昭和四十五年（一九七〇）度の数値になるが、大和橋梁と同業の松尾橋梁の調査結果は、三十歳大卒で六万八〇〇〇円、三十五歳で八万六〇〇〇円程度となっていて、比例案分すると三十一歳では七万二〇〇〇円程度となる。東亜で翌年彼は三十一歳になっていたが、給与実績は八万円以上あり、東亜入社時にある程度優遇された事が判る。

第二節　『賃金ハンドブック』（東海総合研究所　平成七年版）

この資料は労働省の「賃金構造基本統計調査」【平成五年（一九九三）六月】を基にしている。

岩成は当時、満五十五歳で定年直前の課長職にいた。平成五年の退職金を除いて、給与・賞与を合わせると、表―⑭から、年収は約一〇〇五万円であった。同資料六二頁の一〇〇〇人以上大企業・大学卒・全産業・満五十五歳でのモデル年間賃金は、一一四四万九〇〇〇円であり、彼の実績はその八七・八％となる。一方、同資料八四頁の役職別賃金で見ると、一〇〇〇人以上大企業・大学卒・全産業・満五十歳～五十四歳・課長で、所定内給与額（月額）と年間賞与・その他分を合算すると一〇八二万五〇〇〇円となり、彼の実績はその九二・八％となる。やはり、彼は標準的な昇進をしていないためか、四～七％程度減とかなり低くなっている。

第三節　「民間給与実態統計調査」（国税庁　平成二十九年九月）

調査内容は平成二十八年（二〇一六）分で、給与所得者の五年毎の年齢階層別・男女別の平均年収をグラフ化している。また、この年収金額は所得税等の天引き前の額面金額であり、退職金は含まない。一方、ここまで記した岩成の年収実績表は、この調査資料と一年のずれがあるが、ここ数年の再評価率はほとんど変化が無いので、再評価額をそのまま使用する。ただし、退職金は除いて五年ごとの平均値を算出した。この結果を表―㉛に示す。

この表から見て、岩成は六十歳までは世間の平均年収を大幅に上回る実績を上げたが、これは海外赴任時の給与が大きく貢献しているものと思われる。しかし、六十歳以降、特にナイトコンサルを退職して以降のコンサル彷徨の時代は、非常勤職で、退職・再就職の間の空白期間の影響からも、極端に年収が下っている。別の見方をすると、二十年の時代の変化からか、現在では六十歳を過ぎても、結構な給与を稼いで働いている年長者が多いとも言える。もっともこの調査報告には、七十歳以上で一年以上継続して給与を支払われている人が、高齢者の中でどの程度の割合でいるのか書かれていない。

この表を作成して、八十歳の今日まで精一杯働いてきたと自負していた彼は、まだまだという感じを持たざるを得なかったと思う。

民間給与実態統計調査結果（国税庁）との比較表（表―㉛）

（単位：万円）

	年　令	（A）全給与所得者の平均年収	（B）岩成の年収実績	(B)/(A)%
1	23~24	275	372	135%
2	25~29	383	510	133%
3	30~34	457	647	142%
4	35~39	512	1096	214%
5	40~44	563	1381	245%
6	45~49	633	1085	171%
7	50~54	661	1106	167%
8	55~59	649	846	130%
60歳までの平均		**574**	**978**	**170%**
9	60~64	479	417	87%
10	65~69	387	176	45%
11	70~74	368	139	38%
12	75~79	368	140	38%
60歳以後の平均		**401**	**218**	**54%**
80歳までの総平均		**445**	**597**	**121%**

注：－

① 調査内容は平成28年分で、平成29年９月に報告された。
② 上記の表は、同報告書の第１４図に示された年齢階層別平均給与
③ 対照は男で、一年を通じて勤務した給与所得者
④ 年収金額は、所得税等の天引き前（額面）金額で退職金は含まず
⑤ 70歳以上は、国税庁の資料を便宜的に、同額の二段階に分けた
⑥ 岩成の実績値は、退職金を除外した再評価後の金額

第四節　『生涯給料「全国トップ五〇〇社」』（東洋経済オンライン編集室）

「生涯給料」とは、会社に新卒（二十二歳）で入社して定年（六十歳）まで働いた時に取得できる給料・賞与等の総額としている。これは同社が会社四季報や厚生労働省の「平成二十九年賃金構造基本統計調査」などを用いて算出した理論的な推計値である。

このランキング表をちょっと覗いて見ると、彼・岩成の給与・賞与などの収入実績は、前掲の表―②で満六十歳までの累計額で三億七〇〇〇万円程度であるから、会社のランクでは第三八位の大林組、三九位のペプチドリーム社程度になると評価できるかもしれない。退職金一五〇〇万円を除くと、どうなるかを考えて見る事も出来るが、余り意味のある評価にならないようだ。

何故か、㈱東亜製鋼所はランキング表に見当たらない。

第八章　就職活動と雇用保険金の受給

第一節　雇用保険

昭和五十年（一九七五）までは失業保険と言っていたが、失業者が新しい職に就く事を助ける制度として「雇用保険法」が制定された。失業した者が安定した生活を送りつつ出来るだけ早く新しい職に就けるよう給付されるものが雇用保険の基本手当である。基本手当の受給要件は、原則として離職前二年間に被保険者期間が十二ヵ月以上必要であるが、ただし倒産解雇等の理由により離職した場合や止むを得ない理由により離職場合には、離職前一年間に被保険者期間が六ヵ月以上必要となっている。

第二節　就職活動と保険金

彼・岩成の場合、再就職活動は平成七年（一九九五）の六月に東亜鉄構工事㈱を退職する前から始めていた。事実上はその年の三月に退職して二ヵ月余の間、次の就職活動に充てる時間的な余裕があった。本来なら「離職票」を持って、先ず地元の神戸職業安定所に出向いて、「雇用保険受給者資格者証」を取得して、失業給付金を受けながら就職先を探すのであるが、離職票の無い段階で、先ず大阪人材銀行に向った。

人材銀行は、管理職、専門職、技術経験者の求人・求職を主な対象として扱う国が設置した職業紹介機関で公共職業安定所の組織の一部の専門職業安定所である。普通の職安と異なり管轄区域を決めていないので、求人・求職ともどこでも自由に利用できる。また、在職中であっても転職を希望する場合は求職を受付けてくれる。全国の主要都市に設置されており、近畿では地元の神戸のほか、京都と大阪にあったが、最寄りで最も求人件数の多い大阪人材銀行を彼は選んで求職カードを作成した。

最初の就職先である㈱阪神工業所は、大阪人材銀行とは別に、神戸の地元で技術者の転職を扱っていた日本工業技術振興協会からの引合いであった。

彼が雇用保険受給を求めて神戸職業安定所に最初に行ったのは、阪神工業を退職した平成八年三月であった。そこで「雇用保険の失業給付受給資格者のしおり」と名付けた小冊子を受取り、内容の説明を受けた後「雇用保険受給者資格者証」を交付される。

彼の資格者証には、基本手当日額：一万二八〇円、離職時賃金日額：一万七一三九円、所定給付日数：三〇〇日と記載されていた。離職理由欄は「3」となっているが、これは、一身上の都合（自己都合）で退職願を出してやめたのであるが、会社の契約違反が理由との口頭説明を窓口で行い、止むを得ない退職として認められ、待機期間が七日で基本手当が支給される事になった。もし、正当な理由がなくて退職した場合は受給開始を待機する期間が長くなる。

雇用保険金・受給表の表―㉜・平成八年（一九九六）分に示し、受給したのが基本手当と再就職手当である。基本手当は四月十六日支給の二十一日分、五月十四日及び五月三十一日支給のそれぞれ二十八日分と十八日分の合計金額である。六月に四和コンサルに再就職が決まって再就職手当支給申請書を提出した結果、七月に一四〇日分の基本手当として一四三万九二〇〇円が支給された。

同様に彼は、平成九年（一九九七）の四和コンサル退職後、ナイトコンサル入社前に二度目、平成十二年（二〇〇〇）のナイトコン退職後、ヒカリコン入社前に三度目、そして平成十六年（二〇〇四）のヒカリコン退職後、山本設計入社前の四度目と雇用保険の世話になっている。平成九年（一九九七）

には再就職手当を受給していないのは、二年以内の以前に受給経歴があるため、不支給となったもので、平成十二年（二〇〇〇）には十月に再就職手当を受給している。また、四度目は満六十五歳になってからの求職申込であったため、資格者証は雇用保険高齢者用で、七日間の待機期間満了で高齢者給付金として基本手当の五十日分、二六万八〇〇〇円を一時金として給付された。平成二十九年（二〇一七）一月より、満六十五歳以上でも雇用保険に加入していれば保険金は支給されるようになったが、この時は、以後、雇用保険金の受給は無くなった。

表―㉜及び㉝が雇用保険金の総括で、総額四〇〇万円余となった。

雇用保険金 受給表（表―㉜）

平成8年（1996年）　　単位：円　　（57歳）

月　度	基本手当	再就職手当	計	再評価率	**再評価額**	備　考
1月						
2月						
3月						阪神工業を退職
4月	215,880		215,880	0.993	**214,369**	
5月	472,880		472,880	0.993	**469,570**	
6月					**0**	四和コンサル入社
7月		1,439,200	1,439,200	0.993	**1,429,126**	7月25日
8月						
9月						
10月						
11月						
12月						同社を退職
年　計	688,760	1,439,200	2,127,960		**2,113,064**	

平成9年（1997年）　　単位：円　　（58歳）

月　度	基本手当	再就職手当	計	再評価率	**再評価額**	備　考
1月						
2月						
3月	220,920		220,920	0.949	**209,653**	
4月	231,440		231,440	0.950	**219,868**	ナイトコン入社
5月						
6月						
7月						
8月						
9月						
10月						
11月						
12月						
年　計	452,360	0	452,360		**429,521**	

平成12年（2000年）　　単位：円　　（61歳）

月　度	基本手当	再就職手当	計	再評価率	**再評価額**	備　考
1月						
2月						
3月						
4月						
5月						
6月						ナイトコン退職
7月						
8月	185,480		185,480	0.945	**175,279**	
9月	232,320		232,320	0.945	**219,542**	ヒカリコン入社
10月		871,200	871,200	0.945	**823,284**	
11月						
12月						
年　計	417,800	871,200	1,289,000		**1,218,105**	

雇用保険金 受給表（表—㉝）

平成16年（2004年）　　　　　　　　　　　　　　単位：円　　　　（65歳）

月　度	基本手当	高齢者給付金	計	再評価率	**再評価額**	備　考
1月						
2月						
3月						ヒカリコン退職
4月		268,000	268,000	0.945	**253,260**	
5月						
6月						
7月						
8月						
9月						
10月						
11月						
12月						
年　計	0	268,000	268,000		**253,260**	

雇用保険での収入金額・合計	**4,013,950**

第九章　公的年金の受給

第一節　公的年金

1 公的年金

平成二十二年（二〇一〇）一月、社会保険庁が廃止され日本年金機構が設立された。機構は厚生労働大臣から委任されて公的年金制度を管掌《かんしょう》している。公的年金には国民年金、厚生年金そして公務員などが加入している共済年金の三種類がある。

日本の公的年金制度は、昭和十七年（一九四二）の労働者年金保険の創設に始まり、昭和十九年（一九四四）に厚生年金保険法と改称され、昭和三十六年（一九六一）に自営者や農林漁業者を対象にした国民年金が始まり国民皆年金体制が実現した。昭和六十一年（一九八六）に全国民を対象とする基礎年金制度が発足、国民年金を基礎年金支給の制度とし、さらに厚生年金などの雇用者年金制度を上乗せして、公的年金制度を二階建ての仕組みに再編、統合された。

公的年金の支給開始年齢は、原則、現在満六十五歳（以前は満六十歳）で、給与所得者の場合、老齢基礎年金（国民年金）と老齢厚生年金（厚生年金保険）が支給される。

支給額は、保険加入月数に応じた老齢基礎年金（定額部分）と過去の標準報酬に再評価率を乗じて現在価値に置き換えて算出した平均標準報酬額に被保険者の月数と定率（千分の五・四八一）を掛け合わせた老齢厚生年金（報酬比例部分）の合計となる。

厚生年金保険の加入年齢限度は、満七十歳までとなっている。保険に加入すると、日本年金機構から基礎年金番号を付した年金手帳が配布され、機構から定期的に支払年金額の通知や年金記録のお知らせが届けられる。一方加入者側からは各個人に知らされる「お客様アクセスキー」を使って、インターネットから各人の年金記録等を確認できる。また、年金支給開始年齢前の人は、年金見込み額の試算も出来るようになっている。

2 岩成の公的年金（厚生年金）

岩成は満六十歳から年金の支給を受けることにした。満六十歳になる直前の平成十年（一九九八）七月、最寄りの神戸市須磨年金事務所に行き国民年金・厚生年金保険年金の受給を申請した。当時は㈱ナイトコンサルタントに勤務中であり、年間給与も一〇〇〇万円以上得ていたので、在職老齢年金は不支給となる事は承知していた。しかし、年金は申請しないと受給できないし、受給見込み額を予め知りたいと考えて出かけた。窓口で予想通り「不支給」を告げられ、年金証書も受給状態になるまで発行できないと言われた。その時点での年金見込額を訊ねると約年額二六八万円とメモで知らされた。この年金額は彼自身が手元の資料で過去の標準報酬月額を計算し、集計して算出した額とほぼ同じであった。窓口担当者はそんな人もいるのかと驚いていた。

結局、彼が社会保険庁長官から正式に「国民年金・厚生年金保険証書」を受取ったのは、ナイトコンを六月末で退職し、九月一日にヒカリコンサルに入社した時、平成十二年（二〇〇〇）八月であった。ただし、年金額は全て支給停止となっていた。その後、同年十一月に年金振込通知書が届き、支払の保留が解除されたとして、二ヵ月間の失業期間に対する年金として二二万円余が振り込まれた。これは彼が受け取った最初の厚生年金であった。

ヒカリコンサル入社後も平成十六年（二〇〇四）三月に同社を退職するまで、年金の支給停止は続いた。それは、その時の彼の老齢厚生年金額と在職による総報酬月額相当額から計算される年金停止額の計算値が、年金額を上回ったので、年金が全額支給停止になったのである。

ようやく、平成十六年（二〇〇四）四月から、彼の勤めも断続的な非常勤となり、給与も大幅に下がったので、定常的な厚生年金が支給されるようになった。

厚生年金保険には、所定通り満七十歳になった㈱阪神コーポレーションで在職中まで加入していた。ただ、過去、数々の転職を経てきたので途中の失職中は短期的に国民年金に加入し、空白期間もあったが、厚生年金保険の加入期間は五二八月、国民年金加入期間は八月で、合計すると五三六月になる。

この事を示した彼に対する最新の年金通知書（国民年金・厚生年金保険　支給額変更通知書）と日本年金機構の「ねんきんネット」から確認できる年金額表を以下、資料①½、²⁄₂、資料②に示す。

国民年金・厚生年金保険　支給額変更通知書（資料―①　1/2）

このたび、年金を決定または年金額を変更しましたので通知します。（決定・変更理由等は裏面でご確認ください。）

年金の種類	基礎年金番号・年金コード
老齢基礎・老齢厚生　　年金	

合計年金額（年額）【（A）厚生年金＋（B）国民年金（基礎年金）】	2,837,006 円

今後、あなたにお支払いする年金額は左の太ワク内の金額になります。

（A）厚生年金

1. 年金の計算の基礎となった加入期間の内訳

加入期間	月数
ア．厚生年金保険の加入期間	528月
イ．厚生年金保険の戦時加算期間	月
ウ．船員保険の戦時加算期間	月
エ．沖縄農林期間	月
オ．沖縄免除期間	月
カ．離婚分割等により厚生年金の被保険者とみなされた期間	月
キ．旧令共済組合期間	月

2. 年金の計算の基礎となった平均標準報酬額等の内訳

厚生年金保険の加入期間の種類	月数	平均標準報酬額 平均標準報酬月額（円）
ア．平成15年3月までの期間（ウ．及びオ．～ク．を除きます）	482月	450,772
イ．平成15年4月以降の期間（エ．を除きます）	46月	247,195
ウ．平成15年3月までの厚生年金基金期間（キ．及びク．を除きます）	月	
エ．平成15年4月以降の厚生年金基金期間	月	
オ．昭和61年3月までの坑内員又は船員であった期間（キ．を除きます）	月	
カ．昭和61年4月から平成3年3月までの坑内員又は船員であった期間（ク．を除きます）	月	
キ．昭和61年3月までの坑内員又は船員であった厚生年金基金期間	月	
ク．昭和61年4月から平成3年3月までの坑内員又は船員であった厚生年金基金期間	月	

3. 加給年金対象者等の内訳

加給年金対象者	配偶者（区分　）子　人
遺族加算区分	
70歳（障害）下支え加算額表示	

（B）国民年金（基礎年金）

年金の計算の基礎となった納付済期間等の内訳

	第1号期間（国民年金加入期間）※（）内の月数は平成21年4月以降の月数です。	第2号期間（厚生年金・共済等加入期間）	第3号期間（厚生年金・共済等加入者に扶養されていた配偶者の期間）
納付済期間・国民年金の保険料	納付　8月　4分の1免除　月（　月） 半額免除　月（　月） （付加）　月　4分の3免除　月（　月） 全額免除　月（　月）	厚生年金保険　428月 共済組合　月	月

【　障害基礎・障害厚生年金の障害の状況　】

障害の等級	級　号	次回診断書提出年月	年　月	診断書の種類	

この決定に不服があるときは、この決定があったことを知った日の翌日から起算して3か月以内に文書又は口頭であなたの住所地の社会保険審査官（地方厚生局内）に審査請求できます。また、その決定に不服があるときには、決定書の謄本が送付された日の翌日から起算して2か月以内に社会保険審査会（厚生労働省内）に再審査請求できます。
なお、この決定の取消の訴えは、審査請求の決定を経た後でないと、提起できませんが、審査請求があった日から2か月を経過しても審査請求の決定がないときや、この決定の執行等による著しい損害を避けるため緊急の必要があるとき、その他正当な理由のあるときは、審査請求の決定を経なくても提起できます。この訴えは、審査請求の決定（再審査請求をした場合には、当該決定又は社会保険審査会の裁決。以下同じ。）の送達を受けた日の翌日から起算して6か月以内に、国を被告（代表者は法務大臣）として提起できます。ただし、原則として審査請求の決定の日から1年を経過したときは訴えを提起できません。

平成29年 6月 7日

厚生労働大臣　厚生労働大臣之印

国民年金・厚生年金保険　支給額変更通知書（資料—①　2/2）

【（A）厚生年金】

項番	基本となる年金額 (年額) (円)	加給年金額または加算額 (年額) (円)	繰上げ・繰下げによる減算・加算額 (年額) (円)	支給停止額 (年額) (円)	年金額 (年額) (円)
	2,071,747	0	0	0	2,071,747

【（B）国民年金（基礎年金）】

項番	基本となる年金額 (年額) (円)	加給年金額または加算額 (年額) (円)	繰上げ・繰下げによる減算・加算額 (年額) (円)	支給停止額 (年額) (円)	年金額 (年額) (円)
	765,259	0	0	0	765,259

項番	決定・変更年月	決定・変更理由
	29年 5月	86　これまで厚生年金基金から支払われていた年金額を国からお支払いすることになったため（基金の代行返上）、国からお支払いする年金額を増額しました。

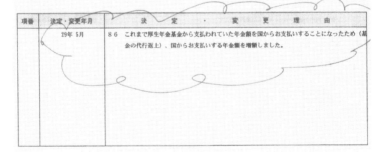

老齢年金の年金額（年額）（資料―②）

老齢年金を受給している方へ

- ご自身の年金記録と年金額の関係をご確認いただくため、老齢年金の年金額（年額）を表示しています。
- 障害年金や遺族年金の年金額（年額）を確認する場合は、「ねんきんネット」トップページの**【年金の支払いに関する通知書の確認】**ボタンを押してください。
- 平成29年 6月 7日に日本年金機構が発行した支給額変更通知書でお知らせしている年金額（年額）です。

老齢年金の年金額（年額）は、平成29年 5月分から次のとおりとなります。

項目	老齢基礎年金（国民年金）	老齢厚生年金（厚生年金保険）	合計
基本額	765,259円	2,071,747円	2,837,006円
支給停止額	0円	0円	0円
年金額（差引支給額）	765,259円	2,071,747円	2,837,006円

3 ヒカリコンサルタントとの年金論争

ヒカリコンサルで彼が満六十五歳前後の時、給与の大幅ダウン及び老齢厚生年金の件で社長や総務部及び双方の社労士を交えて論争になった事があった。双方のやり取りは平成十五年(二〇〇三)二月から平成十六年（二〇〇四）二月まで一年間に亘って続いた。煩雑にならないように結論的に述べている最終段階の双方の手紙の主旨を以下に示して参考に供したい。

岩成が発信した二月二十三日付の手紙

〈社会保険事務所で訊いた内容は、給与が大幅に下がった九月から十一月までの三ヵ月は標準報酬月額五〇万円のままと見なされ老齢厚生年金は支給されない。これは会社からの届出が【継続雇用中の者の降給による給与月額変更届】であったためこの処置となった。

もし、彼が特別支給の老齢厚生年金の受給者であり、定年による退職後継続して再雇用された者であれば、【定年後再雇用された者の取扱い（平成八年の通達）】すなわち【退職と再雇用を同時にする同日得喪の処理制度】で扱い、会社との使用関係は一旦中断するものの、同時に再雇用で資格取得出来るため、九月から標準報酬月額は現実と見合った二六万円となり、老齢厚生年金は一部停止分を差引き九月から支給される。これは彼が他の一般社員と同じように継続雇用中の者の降給による月額変更届として処理されたのではないか？　また、彼は満六十歳の時、年金の受給権を得ているので要件の一つはクリアしている。また社の就業規則に則り、六十五歳で延長された定年を迎えて再雇用された者であり、雇用契約書を定年の翌日付けで交わし再雇用されている。九月から十一月の老齢厚生年金は減額されてもずっと四〇万円になる。

会社が届出された【継続雇用中の者の降給による給与月額変更届】の場合、勤続年数は満六十五歳までとそれ以降は通算されると思うが、そうであれば退職金の給付対象者となるのではないか。

社会保険事務所は、今からでも出来ると言っているので、【定年退職後再雇用された者】として遡及《そきゅう》して変更手続きできないか？〉

という内容であった。

これに対しての会社の手紙での返事

〈社長・常務及び社労士の見解として、【定年退職後再雇用された者の取扱い（平成八年の通達）】の要件の特別支給の老齢厚生年金の受給者とは、六十歳から六十四歳までで、岩成氏は六十五歳以上なので該当しない。また、当社の定年は六十歳と定められていて、六十歳まで社員であった者が継続して再雇用された場合には岩成氏は該当しない。

一方、退職金規定は定年を過ぎた六十歳以降の再雇用者には適用されない〉というものであった。

二月二十三日付けの岩成の手紙

〈当方の手紙の内容に異なった解釈をされているので驚いた。平成八年の通達は、社会保険事務所に出かけて初めてその存在を知った。満六十五歳の前から会社と話し合いを行って来た過程で一切この話が出て来なかった事に社会保険事務所は疑問を持っている。今からでも遡及して変更できると社会保険事務所は言っている。この【通達】は定年退職・再就職者の給与激減に対する当面の救済措置として出されたものと聞いている。善処をお願いする。

退職金規定については、当面の私には興味はない。規定では定年の年齢の明記はなく不明瞭である。今一度、返事乞う〉

これに対して、二月二十五日夜、社長より彼の自宅に電話が入り、翌々日に鳥取の本社に出頭せよとの事。手紙に対する返事かと問い詰めると、三月三十一日付けで退職を迫られた。

同月二十七日本社で彼は社長と面談、社長は彼の手紙の内容には一切触れず、前記した通り、会社の経営状況が苦しいのでと、三月末での退職を要請された。彼は「事業の縮小に伴う人員整理」

と言う会社の都合であれば、一年間の契約期間満了前であるが退職する、と同席していた常務を証人にして返事した。結果、四月に届いた「離職票」では「契約期間満了で両者合意の退職」と真赤な偽りの理由が記されていた。

結局、前記の手紙での彼の主張に会社側は正面から返答はできず、論争には勝ったが、有無を言わせぬ退職勧告に発展したように思われる。そのため社会保険庁の【通達】に則った退職処理（遡及して変更できる）を会社側がしてくれていれば、受取れる筈の約四〇万円の老齢厚生年金を彼は受給出来なかった。会社側の社会保険労務士は、当然この事を知りながら、従業員側に配慮したきめ細かい対応を取ろうとしなかったと考えられる。

第二節　企業年金基金

公的年金には、もう一つ企業年金基金がある。これは、国が行う老齢厚生年金の一部（報酬比例部分）の支給を企業年金基金が代行して行う制度で、各企業連合の経営状況により、国の算出年金額にプラス・アルファ部分を上乗せ給付する事もあった。しかし、平成二十五年（二〇一三）の法律改正で、代行部分の資産の保全の観点から存続のための規準が厳しく設定され、平成二十六年（二〇一四）四月以降、厚生年金基金を解散するか、または、代行を返上して確定給付企業年金へ移行することが促されるようになった。この場合、従前と変わりなく、最低責任準備金は国に納付され、改めて国から老齢厚生年金として支給される。

以下、岩成が加入していた企業年金基金を記す。

1 非破壊検査業厚生年金基金

東亜を離れて最初に入社した㈱阪神工業所は、建設コンサルタント部門を始めたばかりであり、本業は非破壊検査業であった。同社は非破壊検査業厚生年金基金のメンバーであった。同社に彼は僅か八ヵ月の在職であったが、年金は満六十歳になった平成十年（一九九八）から、終身で年額三万円余りが支給されることになった。

平成二十六年（二〇一四）厚生年金保険法の改正に伴い、同基金は新体制・非破壊検査業企業年金基金に移行することになり、それを機に彼は一時金を選択して、平成二十八年（二〇一六）十二月に四千九百円が支給されて終了となった。後は代行を返納し国に移管された。

2 建設コンサルタンツ厚生年金基金

次に入社した四和コンサルタント㈱は建設コンサルタンツ厚生年金基金のメンバー会社であった。ここでの在籍も六ヵ月間であったが、彼が満六十五歳になった後の平成十六年（二〇〇四）二月から、毎年二万九〇〇〇円の年金が支給された。ここも非破壊基金と同様に代行の返上を行ったため、彼は基本上乗せ部分を一時金で選択し、平成二十八年(二〇一六)十二月の一万六九〇〇円の受給で終了した。

3　全国測量業厚生年金基金

㈱ナイトコンサルタントと㈱ヒカリコンサルタントの両社は、社として発足時には測量業が主であったためこの年金基金に属している。彼は在職中に加入したが、在職中の平均月額報酬が高いので年金額も多くなっている。

当基金も平成二十九年（二〇一七）四月から名称も変わった「そくりょう&デザイン企業年金基金」に移行となり、国に代行を返上している。それに関して「基本プラス・アルファ部分」は三万八六〇〇円の一時金として同年十二月に受給し、加算年金は、同基金が新たに設けた「老齢給付金（年金）」として、以後、年二回に分けて六万二七〇〇円が給付される事になった。

第三節　公的年金の受給金額

平成十年（一九九八）、彼が満六十歳になった年から受給を始めた厚生年金と諸基金からの受給金額を表―㉞から表―㊶に示す。

各金額・数字の内容は前節で説明しているとおりである。厚生年金受給申請を彼は平成十年（一九九八）の満六十歳で行ったものの、在職中で給与水準が高かったため、年金は丸二年間不支給で年金証書も発行されなかった。今ここで考えると、年金は繰り下げ受給していたら、割増額が付き金額が増えていたと思われるが、彼によると、当時は㈱ナイトコンサルタントに在職中であったが、長期間勤務の見通しは不明瞭と感じ、先ず申請はして置こうと考えたらしい。実際は、その一年後に妻の末期がんが発覚し、退職を余儀なくされて、その後は運よく㈱ヒカリコンサルタントで希望給与額の非常勤採用となり、当面、生活の安定は保てている。

厚生年金と代行部分を含めた基金の年金を合計した公的年金は、満六十五歳以降は概ね年額三〇〇万円（月額二五万円）となっているが、妻を亡くしているので加算年金分が無い分少ないのではないか。また、リビア赴任中の国内給与は通常の八割であった事からその間の標準報酬月額は年金記録を見ても、現実より少な目に出ている。

現在までの公的年金受給額の累計は、軽く四〇〇〇万円を超えている。

厚生年金・基金年金 受給表（表—㉞）

平成10年（1998年） (59歳)

月	厚生年金	基金 測量業	基金 建設コン	基金 非破壊	基金 基金計	合計	再評価率	金　額
1月					0	0	0.980	0
2月					0	0	0.980	0
3月					0	0	0.980	0
4月					0	0	0.968	0
5月					0	0	0.968	0
6月					0	0	0.968	0
7月					0	0	0.968	0
8月					0	0	0.968	0
9月					0	0	0.968	0
10月					0	0	0.968	0
11月					0	0	0.968	0
12月				7,700	7,700	7,700	0.968	7,454
合　計	0	0	0	7,700	7,700	7,700		7,454

平成11年（1999年） (60歳)

月	厚生年金	基金 測量業	基金 建設コン	基金 非破壊	基金 基金計	合計	再評価率	金　額
1月					0	0	0.968	0
2月					0	0	0.968	0
3月					0	0	0.968	0
4月					0	0	0.967	0
5月					0	0	0.967	0
6月				15,400	15,400	15,400	0.967	14,892
7月					0	0	0.967	0
8月					0	0	0.967	0
9月					0	0	0.967	0
10月					0	0	0.967	0
11月					0	0	0.967	0
12月				15,400	15,400	15,400	0.967	14,892
合　計	0	0	0	30,800	30,800	30,800		29,784

平成12年（2000年） (61歳)

月	厚生年金	基金 測量業	基金 建設コン	基金 非破壊	基金 基金計	合計	再評価率	金　額
1月					0	0	0.967	0
2月					0	0	0.967	0
3月					0	0	0.967	0
4月					0	0	0.967	0
5月					0	0	0.967	0
6月				15,400	15,400	15,400	0.967	14,892
7月					0	0	0.967	0
8月					0	0	0.967	0
9月					0	0	0.967	0
10月					0	0	0.967	0
11月	227,708	38,634			38,634	266,342	0.967	257,553
12月		38,634		15,400	54,034	54,034	0.967	52,251
合　計	227,708	77,268	0	30,800	108,068	335,776		324,695

厚生年金・基金年金 受給表（表―㉟）

平成13年（2001年）　（62歳）

月	厚生年金	基金 測量業	基金 建設コン	基金 非破壊	基金 基金計	合計	再評価率	金　額
1月					0	0	0.967	0
2月					0	0	0.967	0
3月					0	0	0.967	0
4月					0	0	0.966	0
5月					0	0	0.966	0
6月				15,400	15,400	15,400	0.966	14,876
7月					0	0	0.966	0
8月					0	0	0.966	0
9月					0	0	0.966	0
10月					0	0	0.966	0
11月					0	0	0.966	0
12月				15,400	15,400	15,400	0.966	14,876
合　計	0	0	0	30,800	30,800	30,800		29,753

平成14年（2002年）　（63歳）

月	厚生年金	基金 測量業	基金 建設コン	基金 非破壊	基金 基金計	合計	再評価率	金　額
1月					0	0	0.966	0
2月					0	0	0.966	0
3月					0	0	0.966	0
4月					0	0	0.972	0
5月					0	0	0.972	0
6月				15,400	15,400	15,400	0.972	14,969
7月					0	0	0.972	0
8月					0	0	0.972	0
9月					0	0	0.972	0
10月					0	0	0.972	0
11月					0	0	0.972	0
12月				15,400	15,400	15,400	0.972	14,969
合　計	0	0	0	30,800	30,800	30,800		29,938

平成15年（2003年）　（64歳）

月	厚生年金	基金 測量業	基金 建設コン	基金 非破壊	基金 基金計	合計	再評価率	金　額
1月					0	0	0.972	0
2月					0	0	0.972	0
3月					0	0	0.972	0
4月					0	0	0.975	0
5月					0	0	0.975	0
6月				15,400	15,400	15,400	0.975	15,015
7月					0	0	0.975	0
8月					0	0	0.975	0
9月					0	0	0.975	0
10月					0	0	0.975	0
11月		33,635			33,635	33,635	0.975	32,794
12月		67,268		15,400	82,668	82,668	0.975	80,601
合　計	0	100,903	0	30,800	131,703	131,703		128,410

厚生年金・基金年金 受給表（表―㊱）

平成16年（2004年）　（65歳）

月	厚生年金	基金 測量業	基金 建設コン	基金 非破壊	基金計	合計	再評価率	金　額
1月					0	0	0.975	0
2月		67,268	29,000		96,268	96,268	0.975	93,861
3月	326,083				0	326,083	0.975	317,931
4月	592,315	67,268			67,268	659,583	0.976	643,753
5月					0	0	0.976	0
6月	406,441	67,268		15,400	82,668	489,109	0.976	477,370
7月					0	0	0.976	0
8月	406,333	72,240			72,240	478,573	0.976	467,087
9月					0	0	0.976	0
10月	406,333	70,585			70,585	476,918	0.976	465,472
11月					0	0	0.976	0
12月	406,333	70,585		15,400	85,985	492,318	0.976	480,502
合　計	2,543,838	415,214	29,000	30,800	475,014	3,018,852		2,945,977

平成17年（2005年）　（66歳）

月	厚生年金	基金 測量業	基金 建設コン	基金 非破壊	基金計	合計	再評価率	金　額
1月					0	0	0.976	0
2月	406,333	70,585	29,000		99,585	505,918	0.976	493,776
3月					0	0	0.976	0
4月	406,333	70,585			70,585	476,918	0.978	466,426
5月					0	0	0.978	0
6月	407,241	70,585		15,400	85,985	493,226	0.978	482,375
7月					0	0	0.978	0
8月	408,149	70,585			70,585	478,734	0.978	468,202
9月					0	0	0.978	0
10月	408,149	70,585			70,585	478,734	0.978	468,202
11月					0	0	0.978	0
12月	408,149	70,585		15,400	85,985	494,134	0.978	483,263
合　計	2,444,354	423,510	29,000	30,800	483,310	2,927,664		2,862,244

平成18年（2006年）　（67歳）

月	厚生年金	基金 測量業	基金 建設コン	基金 非破壊	基金計	合計	再評価率	金　額
1月					0	0	0.978	0
2月	408,149	70,585	29,000		99,585	507,734	0.978	496,564
3月					0	0	0.978	0
4月	408,149	70,585			70,585	478,734	0.978	468,202
5月					0	0	0.978	0
6月	406,683	70,585		15,400	85,985	492,668	0.978	481,829
7月					0	0	0.978	0
8月	409,116	70,585			70,585	479,701	0.978	469,148
9月					0	0	0.978	0
10月	409,116	70,585			70,585	479,701	0.978	469,148
11月					0	0	0.978	0
12月	409,116	70,585		15,400	85,985	495,101	0.978	484,209
合　計	2,450,329	423,510	29,000	30,800	483,310	2,933,639		2,869,099

厚生年金・基金年金 受給表（表―㊲）

平成19年（2007年）　(68歳)

月	厚生年金	基金 測量業	基金 建設コン	基金 非破壊	基金計	合計	再評価率	金　額
1月					0	0	0.978	0
2月	406,683	70,585	29,000		99,585	506,268	0.978	495,130
3月					0	0	0.978	0
4月	406,683	70,585			70,585	477,268	0.975	465,336
5月					0	0	0.975	0
6月	409,116	70,585		15,400	85,985	495,101	0.975	482,723
7月					0	0	0.975	0
8月	409,116	70,585			70,585	479,701	0.975	467,708
9月					0	0	0.975	0
10月	409,116	70,585			70,585	479,701	0.975	467,708
11月					0	0	0.975	0
12月	409,116	70,585		15,400	85,985	495,101	0.975	482,723
合　計	2,449,830	423,510	29,000	30,800	483,310	2,933,140		2,861,330

平成20年（2008年）　(69歳)

月	厚生年金	基金 測量業	基金 建設コン	基金 非破壊	基金計	合計	再評価率	金　額
1月					0	0	0.975	0
2月	409,116	70,585	29,000		99,585	508,701	0.975	495,983
3月					0	0	0.975	0
4月	409,116	70,585			70,585	479,701	0.969	464,830
5月					0	0	0.969	0
6月	409,116	70,585		15,400	85,985	495,101	0.969	479,753
7月					0	0	0.969	0
8月	409,116	70,585			70,585	479,701	0.969	464,830
9月					0	0	0.969	0
10月	409,116	70,585			70,585	479,701	0.969	464,830
11月	1,575				0	1,575	0.969	1,526
12月	412,266	70,585		15,400	85,985	498,251	0.969	482,805
合　計	2,459,421	423,510	29,000	30,800	483,310	2,942,731		2,854,559

平成21年（2009年）　(70歳)

月	厚生年金	基金 測量業	基金 建設コン	基金 非破壊	基金計	合計	再評価率	金　額
1月					0	0	0.969	0
2月	412,266	70,585	29,000		99,585	511,851	0.969	495,984
3月					0	0	0.969	0
4月	412,266	70,585			70,585	482,851	0.971	468,848
5月					0	0	0.971	0
6月	412,266	70,585		15,400	85,985	498,251	0.971	483,802
7月					0	0	0.971	0
8月	412,266	70,585			70,585	482,851	0.971	468,848
9月					0	0	0.971	0
10月	412,266	70,585			70,585	482,851	0.971	468,848
11月					0	0	0.971	0
12月	412,266	70,585		15,400	85,985	498,251	0.971	483,802
合　計	2,473,596	423,510	29,000	30,800	483,310	2,956,906		2,870,132

厚生年金・基金年金 受給表（表―㊳）

平成22年（2010年）　　　　　　　　　　　　　　　　　　　　（71歳）

月	厚生年金	基金				合計	再評価率	金　額
		測量業	建設コン	非破壊	基金計			
1月					0	0	0.971	0
2月	412,266	70,585	29,000		99,585	511,851	0.971	497,007
3月					0	0	0.971	0
4月	412,266	70,585			70,585	482,851	0.976	471,263
5月					0	0	0.976	0
6月	412,266	70,585		15,400	85,985	498,251	0.976	486,293
7月					0	0	0.976	0
8月	412,266	70,585			70,585	482,851	0.976	471,263
9月					0	0	0.976	0
10月	412,266	70,585			70,585	482,851	0.976	471,263
11月	106,287				0	106,287	0.976	103,736
12月	412,266	70,585		15,400	85,985	498,251	0.976	486,293
合　計	2,579,883	423,510	29,000	30,800	483,310	3,063,193		2,987,117

平成23年（2011年）　　　　　　　　　　　　　　　　　　　　（72歳）

月	厚生年金	基金				合計	再評価率	金　額
		測量業	建設コン	非破壊	基金計			
1月					0	0	0.976	0
2月	412,266	70,585	29,000		99,585	511,851	0.976	499,567
3月					0	0	0.976	0
4月	412,266	70,585			70,585	482,851	0.979	472,711
5月					0	0	0.979	0
6月	410,316	70,585		15,400	85,985	496,301	0.979	485,879
7月					0	0	0.979	0
8月	410,316	70,585			70,585	480,901	0.979	470,802
9月					0	0	0.979	0
10月	410,316	70,585			70,585	480,901	0.979	470,802
11月					0	0	0.979	0
12月	410,316	70,585		15,400	85,985	496,301	0.979	485,879
合　計	2,465,796	423,510	29,000	30,800	483,310	2,949,106		2,885,639

平成24年（2012年）　　　　　　　　　　　　　　　　　　　　（73歳）

月	厚生年金	基金				合計	再評価率	金　額
		測量業	建設コン	非破壊	基金計			
1月					0	0	0.976	0
2月	410,316	70,585	29,000		99,585	509,901	0.976	497,663
3月					0	0	0.976	0
4月	410,316	70,585			70,585	480,901	0.980	471,283
5月					0	0	0.980	0
6月	408,849	70,585		15,400	85,985	494,834	0.980	484,937
7月					0	0	0.980	0
8月	408,849	70,585			70,585	479,434	0.980	469,845
9月					0	0	0.980	0
10月	408,849	70,585			70,585	479,434	0.980	469,845
11月					0	0	0.980	0
12月	408,849	70,585		15,400	85,985	494,834	0.980	484,937
合　計	2,456,028	423,510	29,000	30,800	483,310	2,939,338		2,878,512

厚生年金・基金年金 受給表（表―㊴）

平成25年（2013年）　（74歳）

月	厚生年金	基金			基金計	合計	再評価率	金　額
		測量業	建設コン	非破壊				
1月					0	0	0.980	0
2月	408,849	70,585	29,000		99,585	508,434	0.980	498,265
3月					0	0	0.980	0
4月	408,849	70,585			70,585	479,434	0.980	469,845
5月					0	0	0.982	0
6月	408,849	70,585		15,400	85,985	494,834	0.982	485,927
7月					0	0	0.982	0
8月	408,849	70,585			70,585	479,434	0.982	470,804
9月					0	0	0.982	0
10月	408,849	70,585			70,585	479,434	0.982	470,804
11月					0	0	0.982	0
12月	403,982	70,585		15,400	85,985	489,967	0.982	481,148
合　計	2,448,227	423,510	29,000	30,800	483,310	2,931,537		2,876,794

平成26年（2014年）　（75歳）

月	厚生年金	基金			基金計	合計	再評価率	金　額
		測量業	建設コン	非破壊				
1月					0	0	0.982	0
2月	403,982	70,585	29,000		99,585	503,567	0.982	494,503
3月					0	0	0.982	0
4月	403,982	70,585			70,585	474,567	0.954	452,737
5月					0	0	0.954	0
6月	400,549	70,585		15,400	85,985	486,534	0.954	464,153
7月					0	0	0.954	0
8月	400,549	70,585			70,585	471,134	0.954	449,462
9月					0	0	0.954	0
10月	400,549	70,585			70,585	471,134	0.954	449,462
11月					0	0	0.954	0
12月	400,549	70,585		15,400	85,985	486,534	0.954	464,153
合　計	2,410,160	423,510	29,000	30,800	483,310	2,893,470		2,774,470

平成27年（2015年）　（76歳）

月	厚生年金	基金			基金計	合計	再評価率	金　額
		測量業	建設コン	非破壊				
1月					0	0	0.954	0
2月	400,549	70,585	29,000		99,585	500,134	0.954	477,128
3月					0	0	0.954	0
4月	400,549	70,585			70,585	471,134	0.949	447,106
5月					0	0	0.949	0
6月	404,316	70,585		15,400	85,985	490,301	0.949	465,296
7月					0	0	0.949	0
8月	404,316	70,585			70,585	474,901	0.949	450,681
9月					0	0	0.949	0
10月	404,316	70,585			70,585	474,901	0.949	450,681
11月					0	0	0.949	0
12月	404,316	70,585		15,400	85,985	490,301	0.949	465,296
合　計	2,418,362	423,510	29,000	30,800	483,310	2,901,672		2,756,187

厚生年金・基金年金 受給表（表—⑽）

平成28年（2016年）　（77歳）

月	厚生年金	基金 測量業	基金 建設コン	基金 非破壊	基金計	合計	再評価率	金　額
1月					0	0	0.949	0
2月	404,316	70,585			70,585	474,901	0.949	450,681
3月					0	0	0.949	0
4月	404,316	70,585			70,585	474,901	0.950	451,156
5月					0	0	0.950	0
6月	406,849	70,585		12,834	83,419	490,268	0.950	465,755
7月					0	0	0.950	0
8月	409,379	70,585	14,500		85,085	494,464	0.950	469,741
9月					0	0	0.950	0
10月	409,379	70,585			70,585	479,964	0.950	455,966
11月					0	0	0.950	0
12月	409,379	70,585	16,900	4,900	92,385	501,764	0.950	476,676
合　計	2,443,618	423,510	31,400	17,734	472,644	2,916,262		2,769,974

平成29年（2017年）　（78歳）

月	厚生年金	基金 測量業	基金 建設コン	基金 非破壊	基金計	合計	再評価率	金　額
1月					0	0	0.950	0
2月	409,379	70,585			70,585	479,964	0.950	455,966
3月					0	0	0.950	0
4月	413,836	70,585			70,585	484,421	0.945	457,778
5月					0	0	0.945	0
6月	443,128	31,350			31,350	474,478	0.945	448,382
7月					0	0	0.945	0
8月	472,834				0	472,834	0.945	446,828
9月					0	0	0.945	0
10月	472,834				0	472,834	0.945	446,828
11月					0	0	0.945	0
12月	472,834	69,950			69,950	542,784	0.945	512,931
合　計	2,684,845	242,470	0	0	242,470	2,927,315		2,768,712

平成30年（2018年）　（79歳）

月	厚生年金	基金 測量業	基金 建設コン	基金 非破壊	基金計	合計	再評価率	金　額
1月					0	0	0.945	0
2月	472,835				0	472,835	0.945	446,829
3月					0	0	0.945	0
4月	472,834				0	472,834	0.945	446,828
5月					0	0	0.945	0
6月	472,834	31,350			31,350	504,184	0.945	476,454
7月					0	0	0.945	0
8月	472,834				0	472,834	0.945	446,828
9月					0	0	0.945	0
10月	472,834				0	472,834	0.945	446,828
11月					0	0	0.945	0
12月	472,834	31,350			31,350	504,184	0.945	476,454
合　計	2,837,005	62,700	0	0	62,700	2,899,705		2,740,221

厚生年金・基金年金 受給表（表―㊶）

平成31年（2019年）　(80歳)

月	厚生年金	基金 測量業	基金 建設コン	基金 非破壊	基金 基金計	合計	再評価率	金　額
1月						0	0.945	0
2月	472,836					472,836	0.945	446,830
3月						0	0.945	0
4月						0		0
5月						0		0
6月						0		0
7月						0		0
8月						0		0
9月						0		0
10月						0		0
11月						0		0
12月						0		0
合　計	472,836	0	0	0	0	472,836		446,830

厚生年金・年金基金の収入金額・合計	43,251,001

（平成３１年３月末まで）

第十章　各種技術資格等の取得

第一節　測量士

1 資格とその要件

測量士とは、日本において測量業者に配置が義務付けられている国家資格（業務独占資格）である。測量法に基づき国土交通省国土地理院が所管している。測量士は、測量業者の行う測量に関する計画を作成し、または実施する。測量士補は測量業者の作成した計画に従い測量に従事する。一般に、測量業者の行う基本測量または公共測量に従事する測量技術者は、測量法に定めるところにより登録された測量士または測量士補でなければならないとなっている。

測量士になれる資格は、次のいずれかの者と決められている。

①文部科学大臣の認定した大学、短期大学、または高等専門学校において、測量に関する科目を修め、当該大学等を卒業し、測量に関し実務経験（大学は一年以上、短大・高等専門学校は三年以上）を有する者

②国土交通大臣の登録を受けた測量に関する専門の養成施設において一年以上測量士補となるの

に必要な専門の知識及び技能を修得し、測量に関して二年以上の実務経験を有する者

③測量士補で、国土交通大臣の登録を受けた測量に関する専門の養成施設において、高度の専門知識及び技能を修得した者

④国土地理院が行う測量士試験に合格した者

前期④の測量士試験は毎年五月に全国で行われるが平成二十九年（二〇一七）度の受験者数は約三千名で合格者数は約三五〇名で合格率は約一二％とかなりの狭き門であった。

2 資格取得・登録

岩成は大学の土木工学科を卒業して測量に関する科目を修めていたので、前記の資格①にあたり、一年以上の実務経験を積んでいれば測量士に成れた。そのため昭和三十七年（一九六二）四月から四十三年（一九六八）四月までの六年余の間に従事した測量作業を集計して「測量に関する実務の経歴証明書」を作成して申請した。

証明書の様式は現在多少異なっているが、当時は、測量作業の種類・道路測量、測量作業の地域及び延長・橋梁工事現場の所在地名及び橋梁の延長、測量作業の方法・トランシット・水準測量・

路線測量・平板測量・三角測量等、測量の従事技術・観測・計算・製図・企画等、測量期間及び測量期間地位に占める測量作業の割合等を八件の現場を列挙して日数単位で表示した、合計一年四ヵ月十五日の測量作業申告書を作成し、大和橋梁の社長に証明印を押して貰った。

結果、資格相当と認定され、昭和四十三年（一九六八）五月に、測量士として国土地理院に資格取得番号を付して登録された。

第二節　1級土木施工管理技士

1　資格とその要件

施工管理技術検定は、建設業法第二十七条に基づく国家試験である。建設業法の目的は「建設業を営む者の資質の向上、建設工事の請負契約の適正化を図る事によって、建設工事の適正な施工を確保し、発注者を保護するとともに建設業の健全な発展を促進し、もって公共の福祉の増進に寄与すること」であり、その一環として国土交通大臣は、建設工事に従事する者を対象にして技術検定を行い、施工技術の向上を図る事とされている。

自らが施工を行う職人の技術を認定するのではなく、設計から実際の施工に至るまでの一連の管理監督する技術者が対象である。

1級土木施工管理技士以外に、2級土木のほか1、2級の建設機械施工、建築施工管理、電気工事施工管理、管工事施工管理、造園施工管理等がある。

1級土木施工管理技士の技術検定の受験資格は、大学の土木工学科卒業者で、実務経験三年以上が必要となっている。ここに言う実務経験とは、土木工事の施工に直接的に関わる技術上のすべての職務経験をいい、具体的には以下に関するものをいう。
①受注者として施工を指揮・監督した経験、②発注者側における現場監督技術者等としての経験、③設計者等による工事監理の経験。ただし、三年の実務経験の内、一年以上の指導監督的実務経験年数が含まれていることが必要と規定されている。
検定試験は、㈶全国建設研修センターが実施する、毎年六月に行われる学科試験に合格した後、十月に行われる実地試験に合格した者に、国土交通大臣から1級土木施工管理技士の資格が与えられる。学科試験は専門的な知識を確かめるため正解を選択する問題であり、実地試験は、先ず、本人が工事監理した業務経験を具体的に述べる必要があり、それに関連した技術的な課題に対する検討内容と対応処置を記述する必要がある。

平成三十年（二〇一八）度の実績では、受験者数約二万七〇〇〇人で合格者数は約九五〇〇人、合格率は三四％程度であった。

ただ、各工事現場などでは、この検定合格証明書を掲示または届出る必要があるが、それとは別に本人の写真を入れた「監理技術者資格者証」の携行が義務付けられている。この資格者証は監理技術者講習会を受講した者に与えられるが、その有効期限は五年間であり、五年間を過ぎると講習会受講による更新が義務付けられている。

2 資格取得

本書の主人公・岩成一樹は、この検定試験が初めて実施された昭和四十四年（一九六九）十一月の学科試験を受験した。それに合格後、翌年の二月に実地試験を受験し合格、昭和四十五年（一九七〇）三月三十一日付けで、当時の建設大臣・根本龍太郎が押印した「1級技術検定合格証明書」を受領し、1級土木施工管理技士と称することを認定された。同時に認定された合格者数は全国で八千二百六十三名であったと記録にある。そして、監理技術者講習会をほぼ五年ごとに受講し、監理技術者資格者証を更新して各々の業務に活用した。

第三節　技術士（建設部門）

1　技術士制度と受験資格

文部科学大臣から指定を受けた技術士試験の実施を行う指定試験機関であり、技術士登録に実施を行う指定登録機関である㈳日本技術士会によると、技術士制度の主旨は「科学技術に関する技術的専門知識と高等の専門的応用能力及び豊富な実務経験を有し、公益を確保するため、高い技術者倫理を備えた、優れた技術者の育成」を図るための国による文部科学省所管の資格認定制度である。制度は昭和三十二年（一九五七）に発足し、試験は昭和三十三年（一九五八）から一年に一回実施されている。

科学技術に関する高度な知識と応用能力及び技術者倫理を備えている有能な技術者に技術士の資格を与え、有資格者のみに技術士の名称の使用を認めることにより、技術士に対する社会の認識と関心を高め、科学技術の発展を図ることとしている。

法的な技術士の定義は「技術士法第三十二条第一項の登録を受け、技術士の名称を用いて科学技術に関する高等の専門的応用能力を必要とする事項についての計画、研究、設計、分析、試験、評価又はこれらに関する指導の業務を行う者」としている。

技術士試験は、技術士第一次試験、技術士第二次試験に分けて、文部科学省令で定める技術部門ごとに実施される。古くは第一次試験を予備試験、第二次試験を本試験と称していた。技術部門としては、機械、船舶・海洋、航空・宇宙、電子電気、化学、繊維、金属、資源工学、建設、上下水道、衛生工学、農業、森林、水産、応用理学、経営工学、情報工学、生物工学、環境、原子力・放射線、総合技術監理力の二十一部門と科学技術の全領域に亘《わた》る分野をカバーしている。この内、建設部門は、土質調査、鋼構造及びコンクリート、都市及び地方計画、河川・砂防および海岸・海洋、港湾及び急行、電力土木、道路、鉄道、トンネル、施工計画・施工設備及び積算、建設環境の九つの選択科目に分かれている。

建設部門の場合、大学における指定された教育課程である土木工学科を修了している者は第一次試験を免除された「修習技術者」と認められ、大学終了後七年を超える実務経験を経た者は、第二次試験を受験できる資格が与えられる。

そして、技術士を取得した技術者は、国土交通省所管の建設コンサルタントにおいて、国土交通省に部門登録する場合の専任技術管理者として公的に認められる。

2 技術士受験①・不合格

昭和四十五年七月、彼・岩成はこの技術士第二次試験（当時は技術士本試験と呼んでいた）を受験した。技術部門は「建設部門」で、選択科目は「鋼構造及びコンクリート」であった。受験資格として、大学卒業後七年以上の実務経験をした者という条件が満たされたためである。

まず、行われた筆記試験で出題された問題と回答の大意は次の通りであった。

【問題①】あなたの専門とする事項で困難を感じた事。その解決策、結果および将来の見通しについて述べよ。

【回　答】先に記したPCT工法につき、従来のケーブルエレクション工法との比較について述べ、見通しとして労働力不足から明るい。安全性を強調した。

【問題②】あなたの専門とする事項で、製作または架設する上で、所定の品質の構造物を得るために、必要な管理上の留意点に付き述べよ。

【回　答】橋梁の架設に関しては、設計・製作も理解した上で、架設計画し、輸送を検討する必要があり、仮組立検査も注意して見なければならない。現場では、測量・架設・沓位置・キャンバー・伸縮継手・床版・塗装につき項目別に留意点を列記した。

【問題③】建設部門の省力化につき述べよ。

【回　答】現在の日本の経済成長率の驚異的なことを強調。今後も道路五ヶ年計画で一〇兆円、海洋開発で四七〇〇万トン（十ヵ年で）の鉄の需要が見込まれていること。国民生活の向上により教育水準が上がっているので、若年労働力が第三次産業に移動し、第二次産業には入りにくい。特に建設部門には、手を汚す、汗を流す、危険度が高い、生活が不安定なため、人手は集まりにくい。とのべた。また、橋梁（鋼橋）の設計・製作・施工についての省力化を列記した。結論は、現場部門の近代化・体質改善を急務とする。

結果、九月二十日、彼は筆記試験合格の通知を受けとった。次いで口頭試験は十月二十五日東京で行われた。口頭試験まで行けば、まず大丈夫と言われていたので、期待したが、結果は不合格であった。試験官から「ＰＣＴ工法は会社内であなたが一人で開発したのか？」と問われ、彼は大和橋梁では彼一人で、他に九州工大や大神製缶など協力者の名前を挙げて返答したが、試験官から首を傾げられた事が気になっていた。

翌年、再度受験し合格を目指したが、今度は筆記試験で不合格となり、口頭試験にまで行けなかった。以後、再受験して挑戦することを諦めていた。それから何年か後、仕事上で大和橋梁㈱の工事部の後輩に会った時、その人が言ったのは、彼が退社する時、上司であったＩ係長が、ＰＣＴ工法の事を答案に書いて技術士に合格したと言っていた、との事であった。彼はそれを聞いて唖然とした。上司のＩ係長は、彼が退職する前年の或る時、上司として内容を把握する必要があるから、Ｐ

ＣＴ工法に関する一切の資料を見せてくれと言われたので、資料一式をまとめて預けた事があった。その翌年、彼には何の断りもなく、その係長は、さも自分が担当した特殊工法のように装い、それを武器にして、技術士試験に挑戦し合格したらしい。その後、彼が受験した時の試験官は、それを知った上で、彼に質問されたようだ。彼が合格出来なかったのは当然であった。Ｉ係長は、大和橋梁を定年退職後も、恬《てん》として恥じず、その資格を利用して、コンサルタント業界でのうのうと末永く働き生活していた。本当に恥知らずな人がいたものだ。

３　技術士受験②・資格取得

再受験に失敗してから二十五年経ち、平成八年、既に五十八歳になっていた彼・岩成は、合格を目指して、大阪科学技術センターで開催される技術士セミナーの申込みを行った。セミナーは全部で六回、八月初めまで、所定の土曜日に行われた。併行して技術士二次試験の申し込みを行った。部門は前回と同様の建設部門、選択科目は、鋼構造及びコンクリートである。

受験セミナーは、毎土曜日の三～四時間かけて行われた。一人の講師に対して受講生は八名程だった。内容は、本試験と同様な原稿用紙を使って、それぞれの課題項目について論文を作成し、講師の添削を受けるもので、受験時の臨場感を醸《かも》していて、彼自身を受験に向けて追い込むのに役立った。

勉強は、もちろん自宅でも行った。セミナーの無い土日や祝日は高倉台のマンションに籠もり、ひたすら試験論文書きに費やした。そして、その論文の内容を暗記し、半分無意識に原稿用紙に書き下ろす事が、最も肝要と考えていた。短時間で、いかに、読みやすい字体にして、指定用紙に、所定字数でまとめるかである。妻は昼食を届けに来たりして協力してくれた。最後には手の指が痺れるぐらいになるまで、書く事に注力した。

技術士二次試験の筆記試験は、平成八年（一九九六）八月二十八日、大阪府東大阪市の近畿大学で行われた。彼は前日から、ＪＲ天王寺駅近くの都ホテルに宿泊して、万全を図った。

当日、選択した問題と、答案の概略内容は、以下の通りであった。

【問　題　①】業務経歴三例を挙げ、あなたの立場を明確にし、その概要と問題点を挙げよ

【　回　答　】経歴①・橋梁架設の新工法（ＰＣＴ工法）の開発

経歴②・欧州と日本の鉄骨構造の比較検討

経歴③・韓国アーチ橋の製作についての技術指導

【専門問題①】次の中から二項目を選んで解説せよ

【回　答　①】耐候性鋼材

【回　答　②】非破壊検査

【専門問題②】高張力鋼・極厚板の品質を確保する上での、工場製作上の留意点について述べよ

【回　答】高張力鋼の解説と極厚板の定義を述べた上で、製作上の注意点を掲げた。

【一般問題】社会資本整備を進める上で、求められる品質について記し、それを確保する方策に関して意見を述べよ

【回　答】公共工事の品質確保として、
工事品質を取り巻く環境
工事の品質特性
品質確保の現状と課題
品質確保・向上のための方策
について記し、最後にＰＬ法に触れた

これらの問題及び回答例文は、全て受験勉強中に、予め出題される事を彼は予想して、回答案を用意していた。従って、試験の時は、それを思い出し、あとは、手指に任せて書くだけであった。

筆記試験の合格通知は、十一月六日に届いた。続いて口頭試験は、十二月一日に東京都港区のＮＴＴ麻布セミナーハウスで行われると通知が有った。

試験前日、彼は航空便で東京に行き、新宿のワシントンホテルに投宿し、翌日に備えた。

当日、名前を知らない二人の試験官から出された質問は、以下の通りであった。

①技術士試験の受験の動機？
②現在の業務内容と技術士資格の関係？
③専門は何か？
④韓国の橋梁業界が、海外から技術援助を望んでいる内容？
⑤韓国では技術の承継がなされない傾向があると聞くが、実際はどうか？
⑥コンサル業界で、何をしようとしているのか？
⑦欧州訪問の海外調査で、イギリスで、斜めハンガー吊橋での問題点につき、何か話が聞けたか？
⑧技術者として尊敬する人は誰か？
⑨ＰＬ法と建設工事は無関係ではないと言っているが、どういう事か？
⑩過去の技術経験で失敗談が有れば、述べよ。
⑪技術士の義務について述べよ。

あとは、雑談になり

①多彩な業務経歴に感服している。
②技術士の後、博士号の取得を目指してはどうか？
③何か、この際述べることは無いか？

以上で口頭試験は終わったが、これも予想された質問であった。待望の【合格証】は、翌年の二月八日に届いた。

あとで調べたら、同部門の筆記試験は六人に一人が合格し、口頭試験は四人に一人が不合格となり、合わせて約八人に一人の合格率であったようだ。後日、彼が直前まで勤めていた会社・四和コンサルの副支店長である松田氏が、わざわざ、神戸の会社にいた彼を訪ねて来て、自分は今年も不合格だったと報告し、一方、満五十八歳で合格した彼に大層感心していたようだ。

平成九年（一九九七）四月四日付けで科学技術庁長官が保証する㈳日本技術士会・会長が発行した「技術士登録証」が彼に届いた。彼はこの登録証が届く前、「合格証」が届いた直後の二月二十日、前記したように、次の就職希望先である㈱ナイトコンサルの本社に飛び込んで自己宣伝したのである。四月一日付けで入社が決まり、四月十日付けで同社専任の技術士として登録され「技術士登録等証明書」が日本技術士会から発行された。

公に発表されている全技術部門を合計した技術士第二次試験の結果を見ると、受験申込者数に対する合格率は、昭和四十五年（一九七〇）で二八%、彼が合格した平成八年（一九九六）は八%であった。初めて技術士が誕生した昭和三十三年（一九五八）度から平成三十年（二〇一八）度までの合格者の累計は約一二万二〇〇〇人である。

第四節　土木学会フェロー会員

1 フェロー制度と資格要件

㈳土木学会の「フェロー制度に関する規程」では、その目的として「土木分野の見識に優れ、責任ある立場で長年にわたり指導的役割を果たし、社会に貢献してきた正会員に対し、その能力と業績を評価してフェロー会員として認定し、もって学会の今後の一層の活性化と、会員の国際的活動の推進のため主導的役割を果たす事を目的とする」と記している。また、申請資格として、原則、①土木分野において責任ある立場でおおむね十年以上業務を遂行してきた者、②学会員としての経歴が二〇年程度以上の者、となっている。

また、これは技術資格ではなく、あくまで「称号」の認定である。

平成十年（一九九八）七月からは、称号を単なる「フェロー」から、文部大臣の認可を得て新しく「フェロー会員」を創設することになった。同時に新しいフェロー会員制度の申請に関して資格要件として、従来「見識に優れ責任ある立場」としてきたが、具体的に下記に該当する者と、非常に厳密に明記されるようになった。

①学校（大学・高専等）

大学教授もしくはそれに準ずる立場。博士の称号を持ち高度の学識を有する専門家と認められて責任ある立場で研究開発・人材育成に長年従事している立場。

②官公庁

官庁公団本庁の課長、室長級以上及び地方局の部長級以上、都道府県の課長級以上及びこれに相当する立場。博士の称号を持ち高度の学識を有する専門家と認められて責任ある立場で研究開発・人材育成に長年従事している立場。

③学会・協会

学会、各種協会活動において土木分野の発展に寄与する活動が認められる理事あるいはそれに準ずる立場。

④建設業（総合建設業・建設コンサル業）

主要工事の所長あるいはそれに準ずる立場の経験者であり、技術士あるいはこれに準ずる経験・見識を有する建設業企業の部長級以上の立場。建設コンサルタント業務の管理技術者として高度な技術を有するプロジェクトを一〇件以上担当し、技術士あるいはこれに準ずる資格を取得後五年以上の業務経歴を有する建設コンサルタント会社の部長級以上の立場。博士の称号を持ち高度の学識を有する専門家と認められて責任ある立場で研究開発・人材育成に長年従事している立場。

⑤その他の民間（電力・ガス・鉄道など）

土木分野における特筆すべき業績を有する企業の主要工事の所長あるいはそれに準ずる立場の経験者であり、技術士あるいはこれに準ずる経験・見識を有する部長級以上の立場。博士の称号を持ち高度の学識を有する専門家と認められて責任ある立場で研究開発・人材育成に長年従事している立場。

2 資格取得

彼・岩成は前記した技術士の資格を取得し、㈱ナイトコンサルで技師長の役職に就いた直後の平成九年（一九九七）四月十四日、土木学会に宛てて「フェロー申請書」を出した。

まず、学会員歴は、昭和三十四年（一九五九）学生会員になってから三十八年間の通算歴になる。フェローしてふさわしい経験欄では、①ＰＣＴ工法の開発に従事して、学会の論文集や技術専門雑誌に投稿発表した。②㈱東亜製鋼所から工事会社に出向して、取締役工事部長として業務全般の総括管理を行うと共に阪神公団の湾岸線の五工区及び東京湾横断道路の上部ＪＶ工事で施工委員として指導的な役割を果たした。③㈱阪神工業所では韓国・仁川の現代建設㈱に出向し、韓国初の鋼床版ニールセン・ローゼ橋の工場製作と架設に関する技術指導を行った事、そして④共同執筆で専門技術雑誌に欧州各国の橋梁事情やドイツの技術指針の紹介を行い、㈶海洋架橋調査会の調査団に加わり、欧州各国の長大橋の耐久性に関する調査報告書をまとめた、と記した。

結果、同年十二月に土木学会フェロー認定の通知書が届き「認定書」が送られてきた。もし、申請が一年遅れていたら、先に記した建設コンサルタント会社での「立場」では、技術士資格取得直後の彼には要件を満たせず、学会からの認定は見送られた可能性がある。幸運だったと言うべきかも知れない。

以後、学会の要請によって、名刺に「土木学会フェロー会員」と印字してきた。仕事で名刺交換して、相手から「えっ、フェロー会員さんですか？」と訊き直し、確かめられる事が時々あった。

平成三十一年（二〇一九）五月号の「土木學會誌」で見ると、同年二月末現在で、正会員は三万四三八二名（別に学生会員が六一〇二人いる）で、内フェロー会員数は二一一四名、約六％である。

第五節　ＡＰＥＣエンジニア

1　制度と資格要件

企業活動の国際化と共に、技術士も日本国内のみならず広く海外で活躍する機会が増えて来ている。そんな背景のもと、ＡＰＥＣエンジニア登録制度は、ＡＰＥＣエンジニア相互承認プロジェクトに基づき、有能な技術者が国境を越えて自由に活動できるようにするための制度として創設された。

平成七年（一九九五）十一月に大阪で開催されたＡＰＥＣ（Asia-Pacific Economic Cooperation）首脳会議において、「ＡＰＥＣ域内の発展を促進するためには、技術移転が必要であり、そのためには国境を越えた技術者の移動が不可欠である」旨の決議がなされた。

これを受けて、ＡＰＥＣ作業部会の一つである人材養成部会内に、ＡＰＥＣエンジニア相互承認プロジェクトが設置され、技術者の相互承認の方法についての検討が開始された。

平成十三年（二〇〇一）十一月一日、ＡＰＥＣエンジニアの要件が取りまとめられ「ＡＰＥＣエンジニア・マニュアル」として公表され、これを基本文書としてＡＰＥＣエンジニアの枠組みが創設された。これに基づいて七つのエコノミー（日本、オーストラリア、カナダ、中国香港、韓国、マレーシア、ニュージーランド）がＡＰＥＣエンジニアの登録を開始した。その後、インドネシア、フィリピン、アメリカ、タイ、シンガポール、チャイニーズ・台北、ロシア等が正式に加盟している。

平成二十四年（二〇一二）にシドニーで開かれたＩＥＡ（International Engineering Alliance：国際エンジニアリング連合）の総会で、ＡＰＥＣエンジニア、エンジニア・モビリティ・フォーラム（ＥＭＦ）及びエンジニアリング・テクノロジスト・モビリティ・フォーラム（ＥＴＭＦ）の三つの枠組みは、その基本文書について統合化を図るための改定を行い、結果、各枠組みの名称を協定（Agreement）と改めるとともに、三つの枠組みをコンピテンス協定（Competence Agreements）と総称することになった。ＡＰＥＣエンジニアの枠組みはＡＰＥＣエンジニア協定（ＡＰＥＣ Engineer Agreement：ＡＰＥＣＥＡ）とされ、これまでのＡＰＥＣエンジニアの枠組みを引き継いでいる。また、そのスタンスは従来の「実質的同等性担保のための手続き」と言う性格から「国際技術者に求められる資質のベンチマーク」と言う性格に変更された。

ＡＰＥＣエンジニアとして登録できる分野は、現在十一分野があるが、日本では、この内「Civil」と「Structural」の分野について平成十二年（二〇〇〇）十一月から受付が開始された。「Civil」分野の資格は技術士が、「Structural」分野の資格は一級建築士と技術士が対象となる。その後、平成十八年（二〇〇六）三月から十一分野すべてを対象に登録することとなり、全ての技術部門（選択科目）についてＡＰＥＣエンジニアの登録申請の受付が開始された。

ＡＰＥＣエンジニアになるためには、以下の七つの要件が提示されている。

①定められた学歴要件を満たすこと
②ＩＥＡが標準として示す「エンジニアとしての知識・能力（International Engineering Alliance competency profile for engineer）に照らし、自己判断で業務を遂行できる能力があると認められること
③エンジニアリング課程修了後七年以上の実務経験を有していること
④少なくとも二年間の重要なエンジニアリング業務の責任ある立場での経験を有していること
⑤継続的な専門能力開発を満足できるレベルで実施していること
⑥業務の履行に当り倫理的に行動すること
⑦プロフェッショナル・エンジニアとして行った活動及び決定に対し責任をもつこと

2　登録証の取得

彼・岩成は、平成十三年（二〇〇一）三月、㈳日本技術士会・ＡＰＥＣエンジニア審査委員会に宛てて、「Civil」エンジニアとしての登録申請書を送った。

様式①　一般事項で、技術士資格とヒカリコンサルタントの技師長としての立場を明記
様式②　大学の土木工学科を卒業したというエンジニアリング課程修了を明記
様式③　七年間以上のエンジニアリング業務の経験を以下のように八件挙げて列記。韓国西江大橋の技術指導、大阪市港湾局関連橋梁の震災被災状況調査と補修計画の作成、東京湾横断道路橋の上部ＪＶでの施工管理、欧州への長大橋耐久性に関する調査団参加と成果報告のまとめ、阪神高速道路湾岸線の五つの工区で、ＪＶでの施工管理、台湾台北市内の高速道路橋の架設施工計画立案と技術指導、リビア・ミスラタ製鉄所建設工事の設計施工及び維持管理そして橋梁用新床版の開発（鋼格子床版の開発に関する設計・施工・標準化）の八件について期間・役職・担当業務内容を説明した。
様式④　二年間の重要なエンジニアリング業務経験の詳細を記載。リビア・ミスラタ製鉄所建設工事に、彼が二年二ヵ月従事した担当業務の概要と申請者（彼）が果たした役割を現場の図面や要員の配置表を添付して詳細に記述した。その上に、現地の所長であった曽我氏の署名・捺印と共に、証明時に曽我氏が在籍していた会社の社印まで頂く必要があった。
様式⑤　ＣＰＤ（継続教育）記録として十二件の記録を列記した。内容は、見学会、講演会、自己学習、講習会、技術雑誌への投稿、社内研修、自己研鑽等を日時と内容詳細及び所要時間数、累計時間数を明記した。

最後に、以下の事項について「宣誓」を行っている。

【私は、下記の事項について宣誓します】

・我が国の技術者の業務規範を遵守する事
・業務を行う相手国においてその国の業務規範を遵守する事
・業務を行う相手国の免許または登録機関による要求事項及びその国の法に則して自らの行為に責任を負う事
・この申請書類に記入した内容に変更が生じた場合は、速やかにAPECエンジニア・モニタリング委員会に申告する事
・この申請書類に記入した内容が事実であり、偽りのない事

しかも、これらそれぞれ一〇頁にわたる書類は全て和文と英文の二通りで記入する必要があった。申請書類を提出して八ヵ月後、平成十三年（二〇〇一）十二月、APECエンジニア・モニタリング委員会から英文表示の「APECエンジニア」としての登録証が届いた。ただし、最下段にさりげなく、「Expiry Date：December 4, 2006」と記載されている。つまり、丁度五年を経過するとこの証明書は無効になると言っている。それは、さらなる自己研鑽の継続教育

（ＣＰＤ）を行って、再申請しない限り、ＡＰＥＣエンジニアとは称《とな》えることは出来ないと言うことである。

彼は、失効後も名刺には記載していたが、その資格を使って実際に環太平洋の海外の国々で当該業務に従事することは、残念ながらもはやなかった。

あとがき

書き終わって、まず頭に浮かぶのは、人口に膾炙《かいしゃ》した中国由来のことわざ「人間万事塞翁《さいおう》が馬」や「禍福《かふく》はあざなえる縄の如し」である。人生の禍福吉凶はそれぞれ繋がり合っているので、「禍」も知らぬ間に「福」に変わったり、「福」もやがて「禍」に転じたりするので、その度に悲しんだり喜んだりすることはないという事である。

この稿の「はじめに」で記したが、彼・岩成の話から「失敗談の連続を吐露する事になりそう」としていたが、丹念に彼の軌跡を辿って見ると、決して「禍」の連続ではなかったと判る。人生に失敗やわざわいは付きものであり、「もし、そうでなかったら、今頃は……は」と言うのは単なる妄言であり、一切通用しない。カードゲームのようにシャッフルしたり、計算機で途中にご破算にしたり、人生は元に戻ってやり直す事は出来ない。失敗はあやまちとして、「禍」は「わざわい」として、まず認めた上で、それらを踏み越え凌《しの》いで前進するしかない。

彼の軌跡を振り返って見ると、まず、大学進学で志望の建築に失敗して行けず、土木に転向、最も建築に近いと思われた「橋梁」を選んで就職した。その後の転職で実務として現場で建築工事や一般土木工事を経験するも、資格は鋼構造の技術士を取得して、定年後も、一貫してその専門分野で働き続けている。これは「禍」が「福」に転じたと言える。当初の志望通り建築・意匠の専門技術者になっていたら……と考えるのは、何の意味もない妄想に過ぎない。

さらに、管理職昇進直前の会議中に彼が発した一言の「過言」が「禍言」となり理不尽な「讒《ざん》言《げん》」を生んだことは、紛れもなく「禍」であった。しかし、妄想を承知で言うと、彼が順調にその直後に管理職になっていたら、上層部の懲らしめの意味を含んでいたリビア赴任の辞令は確実になかったと推測される。何故なら、当初の現地土建部隊に二人の管理職者は不用であった筈だからである。彼はその辞令を進んで受け入れ、七年間のリビアプロジェクト業務に没頭した結果、後れは取ったが、周囲から再起用が不可能と目されていた管理職に在任中昇進した。彼の職務経歴からリビアの海外赴任を除外したら何が残ったであろう。

その後の七年間、関連の工事会社への出向と転籍、彼は、予《かね》てよりの自身の意向に沿って、リビア赴任終了後直ちに東亜製鋼所を退職して、建設コンサルタント業界に転職出来なかった事を失敗と断じていた。しかし、これも部長・取締役職でありながら技術的な担当業務をこなし、ＪＶ工事で業界の御同役と共に東京湾横断橋・東京レインボーブリッジ・大阪湾岸道路の橋々そして海外調査団に参加しての明石海峡大橋の開発工事等々の大プロジェクトの一端を担う業務に参画し経験出来た事は、技術者として、やはり「福」であったと思う。

技術士試験も、彼が満三十歳の時、一次試験合格になりながら面接試験で元上司の裏切りで不合格になった事も「禍」であった。しかし、十分な経験を積み重ねて、二十八年後の満五十八歳で再挑戦して合格した。その資格をぶら下げてナイトコンサルに駆け込み、運よく採用となり、彼が目指していた業務内容で重用された事は大きな「福」であった。

　この間に彼の妻が大病に罹患《りかん》し、亡くなった事は、彼の人生で最大の「禍」と言える。それが原因で、ナイトコンサルを早期に退職し、以後は中小のコンサルタント会社を結果的に転々とする事になった。これも出張を頻繁に重ねる常勤で多忙なラインの部長職から解放され、非常勤となり、自由になる自身の時間が十分持てるようになり、好きな読書に精を出せるという「福」を得た。現在、彼の書斎の壁面は、とても「汗牛充棟《かんぎゅうじゅうとう》」とは言えないものの、本と資料で埋まっている。もとより、学者でもない彼の持本は雑多な一般書が主であるが、たび重なる転居・移転毎に廃棄したり、三宮のマンションのように付属の図書コーナーに相当量の本を寄贈したり、延べ三年半のリビア赴任中に読破した三百冊以上の本類を、ただの一冊も持ち帰っていない事などを考慮すると、接した書物はかなりの量になる。しかしいずれ、これらを自ら処分しなければならないという「禍」が、次に彼を待っている。総じて言えば、現在まで彼の五十七年間に及ぶサラリーマン生活は、波瀾に満ちてはいるものの人並み以上に豊富な内容に富んだものと言えよう。

　最後に、本稿の主題である給与等の収入を現在に置き直す基となったのは、日本年金機構が示している厚生年金保険額に関わる再評価表である。主人公の生年月日に該当する、平成三十年度用の再評価表を表―㊷に示す。この再評価率に実収入金額を掛けたものが、冒頭の表―①&②に示す再評価額となっている。この様に細かい数字の再評価額は、過去の実績資料を保有する彼・岩成にしか算出出来ないかも知れないが、読者のどなたでも、年金機構が発行する各個人の「ユーザーＩＤ」と登録したパスワードを用いて機構のホームページから、各人の「年金加入履歴」に応じた「標準報酬月額と標準賞与月額表」に示された金額を確認できる。この月毎の標準報酬金額に各人の生年月日に応じた再評価率を掛け合わせれば、各人の年齢別の再評価金額が同様に算出でき、累計すればその歳までの生涯収入金額になる。一度試算されてはどうであろうか。

この再評価率表を見ると、平成八年（一九九六）四月以降今日まで二十三年間、率は連続して一・〇を下回っている。年金関係の情報によると、昭和四十八年（一九七三）以降、年金で使用する物価上昇率（全国消費者物価指数）は、物価スライドという形で年金額に反映されてきたが、平成十六年（二〇〇四）の改正による物価スライド制の廃止以降も、物価上昇率は年金額を変動させる「改定率」の計算の一要素となっており、物価上昇率が年金額を決める重要な要素であることに変りはないとのこと。ただ、何故この様な値の再評価率が示されるのか、著者の理解を超えた複雑な仕組み（マクロ経済スライドや財政検証等）の計算過程があり、十分に説明できない。彼・岩成自身も本文で述べているように、実感とはかけ離れた再評価率になっている部分もあり、やはり疑問が残る。

バブル景気は、日経平均株価が平成元年（一九八九）に最高値を付けた翌年には急落して崩壊、後に呼ばれる「失われた二〇年」が始まった。それでもなお維持されていた名目経済成長率は、平成十年（一九九八）からマイナスに転じて、以降はわが国の経済成長は平成二十年（二〇〇八）のリーマンショックの追い打ちもあって足踏みしており、本格的なデフレーション状態に突入したと言われている。その間、給与所得者の平均給与ベースは、非正規雇用者数の増加等により、むしろ下降気味である。一方、中国を始め近隣諸国の経済状態は急速に発展し、一人当たりの名目国内総生産（GDP）は、平成十三年（二〇〇一）頃まで、常時世界で五位以内にランクされていたのに、年を追う毎に下がり、平成二十七年（二〇一五）には二十七位と、いつの間にかわが国が置き去りになっているようにも言われている。わが国経済の低迷は、現在も続いているようで「失われた三〇年」との話も出始めている。

そんな世間を凌いで来た本稿の主人公・岩成は、ご多聞に洩れず年齢相応の各種の成人病に患われているものの、以後八年余の平均余命も強《したた》かに生き抜き、遂には「生涯収入・五億円」を達成するものと思われる。

〈著者・あとがき〉

末筆ながら、この出版に際して、株式会社鳥影社・本社編集室の北澤晋一郎氏そして丸山修身氏から懇切丁寧な助言・指摘・指導をいただいた事を付記し、心から感謝の意を表します。また、デザイナーの吉田格氏から斬新なカバーの意匠をご提案頂き、本当に有難うございました、お礼申し上げます。

石津　一成

厚生年金保険の再評価率表（平成30年度、日本年金機構）（表―㊷）

生年月日 被保険者期間	昭和13年4月2日 ～ 昭和14年4月1日
昭和３７年　４月　～　昭和３８年　３月	9.833
昭和３８年　４月　～　昭和３９年　３月	9.028
昭和３９年　４月　～　昭和４０年　４月	8.299
昭和４０年　５月　～　昭和４１年　３月	7.261
昭和４１年　４月　～　昭和４２年　３月	6.671
昭和４２年　４月　～　昭和４３年　３月	6.490
昭和４４年　４月　～　昭和４４年１０月	5.741
昭和４４年１１月　～　昭和４５年　３月	4.388
昭和４５年　４月　～　昭和４６年　３月	4.388
昭和４６年　４月　～　昭和４６年１０月	4.388
昭和４６年１１月　～　昭和４７年　３月	3.806
昭和４７年　４月　～　昭和４８年　３月	3.806
昭和４８年　４月　～　昭和４８年１０月	3.806
昭和４８年１１月　～　昭和４９年　３月	2.793
昭和４９年　４月　～　昭和５０年　３月	2.793
昭和５０年　４月　～　昭和５１年　３月	2.378
昭和５１年　４月　～　昭和５１年　７月	2.378
昭和５１年　８月　～　昭和５２年　３月	1.966
昭和５２年　４月　～　昭和５３年　３月	1.966
昭和５３年　４月　～　昭和５４年　３月	1.807
昭和５４年　４月　～　昭和５５年　３月	1.713
昭和５５年　４月　～　昭和５５年　９月	1.713
昭和５５年１０月　～　昭和５６年　３月	1.542
昭和５６年　４月　～　昭和５７年　３月	1.542
昭和５７年　４月　～　昭和５８年　３月	1.469
昭和５８年　４月　～　昭和５９年　３月	1.418
昭和５９年　４月　～　昭和６０年　３月	1.363
昭和６０年　４月　～　昭和６０年　９月	1.363
昭和６０年１０月　～　昭和６１年　３月	1.290
昭和６１年　４月　～　昭和６２年　３月	1.290
昭和６２年　４月　～　昭和６３年　３月	1.256
昭和６３年　４月　～　平成　１年　３月	1.226

生年月日 被保険者期間	昭和13年4月2日 ～ 昭和14年4月1日
平成　１年　４月　～　平成　１年１１月	1.226
平成　１年１２月　～　平成　２年　３月	1.152
平成　２年　４月　～　平成　３年　３月	1.152
平成　３年　４月　～　平成　４年　３月	1.099
平成　４年　４月　～　平成　５年　３月	1.069
平成　５年　４月　～　平成　６年　３月	1.046
平成　６年　４月　～　平成　７年　３月	1.026
平成　７年　４月　～　平成　８年　３月	1.005
平成　８年　４月　～　平成　９年　３月	0.993
平成　９年　４月　～　平成１０年　３月	0.980
平成１０年　４月　～　平成１１年　３月	0.968
平成１１年　４月　～　平成１２年　３月	0.967
平成１２年　４月　～　平成１３年　３月	0.967
平成１３年　４月　～　平成１４年　３月	0.966
平成１４年　４月　～　平成１５年　３月	0.972
平成１５年　４月　～　平成１６年　３月	0.975
平成１６年　４月　～　平成１７年　３月	0.976
平成１７年　４月　～　平成１８年　３月	0.978
平成１８年　４月　～　平成１９年　３月	0.978
平成１９年　４月　～　平成２０年　３月	0.975
平成２０年　４月　～　平成２１年　３月	0.969
平成２１年　４月　～　平成２２年　３月	0.971
平成２２年　４月　～　平成２３年　３月	0.976
平成２３年　４月　～　平成２４年　３月	0.979
平成２４年　４月　～　平成２５年　３月	0.980
平成２５年　４月　～　平成２６年　３月	0.982
平成２６年　４月　～　平成２７年　３月	0.954
平成２７年　４月　～　平成２８年　３月	0.949
平成２８年　４月　～　平成２８年　３月	0.950
平成２９年　４月　～　平成３０年　３月	0.945
平成３０年　４月　～　平成３１年　３月	0.945

【主人公の主な業績】

①プレテンションド・ケーブルトラス構成に依る橋梁架設新工法に関する研究　土木学会論文集一五三号（昭和四十三年五月）
②PCT工法の実施例と長大橋への応用　雑誌「橋梁と基礎」（昭和四十三年十一月）
③PCT工法　建設工事の架設計画と実例　近代図書（昭和四十四年十二月）
④ソ連・ハンガリー・西独の橋梁事情　雑誌「サスペンションエージ」（昭和五十四年六月）
⑤ドイツの新しい鋼板の座屈安全率計算指針　雑誌「橋梁と基礎」（昭和五十六年三月）
⑥欧州と日本の鉄骨構造比較検討　定性・経済比較　㈱東亜製鋼所　社内資料（昭和五十九年七月）
⑦建設工事における鉄骨構造の実際　東亜製鋼所　社内教育訓練資料（昭和六十年九月）
⑧鋼橋架設工事の問題点と対策　日本架設協会　技術部会のマニュアル（平成三年九月）
⑨長大橋の耐久性に関する調査研究報告書　㈶海洋架橋調査会　海外調査報告書（平成六年三月）
⑩ドイツ・ライン川の橋々　ナイトコンサルタント社内講演資料（平成九年七月）

【主人公の略歴】

岩成　一樹（いわなり　かずき）

昭和十三年（一九三八年）京都生まれ
昭和三十七年　立命館大学理工学部土木工学科卒
　同　年　大和橋梁㈱工事部入社　鋼橋の施工計画・現場施工を担当
昭和四十一年　常子と結婚
昭和四十四年　大和橋梁㈱を退社し、㈱東亜製鋼所に入社
　鋼橋の設計・製作・工事・開発業務や海外業務に従事
平成　五　年　㈱東亜製鋼所を定年退職、東亜鉄構工事㈱に転籍
平成　七　年　同社の取締役を辞任して、建設コンサルタント業界に転職
　ナイトコンサルタント㈱技術部長・技師長等数社のコンサルタントを歴任
平成十五年　妻・常子死去
平成十六年　京子と再婚
平成三十年　現在　㈱ドットコム・技術参与

【資格等】

・土木学会フェロー会員
・技術士（建設部門・鋼構造及びコンクリート）
・ＡＰＥＣエンジニア
・１級土木施工管理技士
・測量士

生涯収入・五億円！

あるサラリーマン、五十七年間の軌跡

定価（本体1500円+税）

乱丁・落丁はお取り替えします。

2019年11月 4日 初版第1刷印刷
2019年11月10日 初版第1刷発行
著 者 石津一成
発行者 百瀬精一
発行所 鳥影社 (www.choeisha.com)
〒160-0023 東京都新宿区西新宿3-5-12トーカン新宿7F
電話 03-5948-6470, FAX 03-5948-6471
〒392-0012 長野県諏訪市四賀229-1(本社・編集室)
電話 0266-53-2903, FAX 0266-58-6771
印刷・製本 モリモト印刷

ISBN978-4-86265-775-6 C0030